7654 Drolet
Montréal, Qc. Canada
   H2 R2 C5
Vincent et Chloé Boehme

MON PÈRE EST FEMME DE MÉNAGE

DU MÊME AUTEUR

Confidences à Allah, Éditions Léo Scheer, 2008

© Éditions Léo Scheer, 2009
www.leoscheer.com

SAPHIA AZZEDDINE

MON PÈRE EST FEMME DE MÉNAGE

roman

Éditions Léo Scheer

À ma mère, Faïza, la mieux
À ma sœur, Cadige, la deuxième mieux
À mon amie Tania, la troisième mieux

Bientôt je connaîtrai suffisamment de mots qui font peur pour savoir écrire de bonnes dédicaces.

Mon père est femme de ménage. Souvent, après l'école, je passe lui donner un coup de main. Pour qu'on puisse rentrer plus tôt à la maison. Et aussi parce que c'est mon père. J'astique, je nettoie, je frotte, j'aspire, même dans les coins. Petit et fin, je me faufile partout. Mais j'apprends aussi. Un mot par semaine. Pas n'importe lesquels. Les mots qui font peur. Les arrogants, les supérieurs, les dédaigneux, les transcendants, ceux qui peuvent te foutre la honte de ta vie si tu ne connais pas leur sens. Ceux qui se permettent d'avoir trois consonnes à la suite comme *abscons*. Ou même quatre comme *abstrait*. Et ce n'est même pas une faute de français.
Transcendant, c'était le mot de la semaine dernière. Ça veut dire « qui n'appartient à aucun ordre de réalité, qui dépasse toute expérience possible » et la phrase d'exemple c'était : « Il avait pris l'habitude, face à l'adversité, de se réfugier dans la contemplation des idées transcendantes. » Alors le mot de cette

semaine, c'est *adversité* forcément. Pas le temps de regarder : mon père me gueule dessus et me rappelle que je suis là pour nettoyer la bibliothèque municipale de Saint-Thiers-lès-Osméoles, pas pour la lire. Et si je veux être rentré à temps pour voir le foot, je ferais bien de me bouger le cul ! Je referme donc le dictionnaire et me remets à épousseter l'étagère Anouilh-Balzac. *Épousseter* je l'ai appris il y a un an, lorsque j'ai commencé à faire des heures sup' avec mon père. Comme je n'aimais pas trop le mot *ménage*, j'ai cherché des synonymes, moins... comment dire ? moins durs, moins détergents. Avec un mot pareil, la poussière, ça devient ton amie.

Entre les livres de poche et les livres reliés, les couvertures illustrées et les plus sobres, il y avait des milliards de mots. Certains avaient échoué, d'autres avaient bouleversé. Moi, j'avais envie de les essayer. Tous ces livres alignés les uns à côté des autres, militaires, verticaux, droits, me fixaient et me défiaient à chacun de mes passages, comme s'ils savaient qu'un mec comme moi ne se permettrait jamais de les déranger. Ça m'a énervé. Mes copains n'étaient

pas là pour se foutre de moi, alors j'en ai ouvert un, j'ai même osé en lire quelques lignes. Puis une page. Et j'en ai ouvert d'autres. Une fois, j'ai lu un livre entier.
J'apprenais qu'un homme pouvait prendre quatre cents pages pour dire à une femme qu'il l'aime. Quatre cents pages avant le premier baiser, trois cents avant une caresse, deux cents pour oser la regarder, cent pour se l'avouer. À l'heure où on envoie des textos quand on a envie de baiser, je trouvais ça prodigieux, vertigineux, fou, démesuré, extravagant, insensé, grandiose… Voilà, j'apprenais des mots en faisant le ménage. Au moins ça…
J'étais en quatrième B l'année dernière. Maintenant, je suis en quatrième F. J'ai redoublé. Parce que mes devoirs étaient mal faits et que dans mes rédactions j'écrivais des choses du genre « insidieusement, il harassa sa bien-aimée avec une allégresse concupiscente ». Ça ne voulait rien dire, d'accord. Les mots, je les découvrais en vrac. Dans le désordre. Les profs aiment bien l'ordre. Cette année mon père bosse donc deux fois plus, parce que je l'aide deux fois moins. Comme ça je ne redoublerai plus, il a dit.

Je débarrasse donc les bureaux des bouchons de stylos mâchés, des papiers griffonnés et des effaceurs oubliés, et puis j'apprends le mot *adversité* : « sort contraire, malchance, disgrâce, situation de celui qui les subit ». Décidément, je patauge dans le sinistre. En plus je n'ai pas encore récuré les chiottes. Je trimballe le chariot de produits jusque dans les toilettes hommes et il me vient une drôle de pensée en voyant ce qui m'attend. Je me dis qu'un homme a beau employer des mots dédaigneux, arrogants, supérieurs et transcendants, il ne sait toujours pas viser dans le trou.

Bientôt je connaîtrai suffisamment de mots qui font peur pour oser lire les auteurs qui font peur. Ceux dont on ne sait jamais si le *c* est avant le *k* ou vice-versa, ceux dont on ne sait jamais si le nom s'écrit avec un *z* ou un *s*, ceux qui étaient des hommes et qui avaient des noms de femmes et celles qui avaient des noms de femmes et qui étaient... des femmes. Quoique, vers la fin, Colette ressemblait quand même un peu à un homme.

Le foot a commencé, mon père a terminé l'allée B et moi j'ai fini les femmes. Qui ne savent pas viser non plus. Mais leur zizi est moins malléable que le nôtre, il faut le reconnaître, alors je nettoie toujours avec plus d'indulgence leur pisse à elles.

Quel était mon mot déjà pour la semaine prochaine ? Ah oui, *disgrâce*…

L'entreprise de mon père a trouvé un bon moyen de distraire ses employés. Chaque mois ou deux, le lieu change. Ainsi, il passe d'une bibliothèque à une salle des fêtes, à des bureaux, à des boîtes de nuit : chaque fois c'est un nouvel univers qui s'offre à lui. Et à moi quand je l'accompagne. Il rentre tard à la maison. Il dit tout le temps :
— Tu peux pas savoir qu'est-ce que j'ai pas vu c'te nuit mon Polo ! (Je m'appelle Paul.)
Et il va se coucher dans le lit de ma sœur dans la même chambre que moi puisque ma sœur dort dans le lit de ma mère dans leur chambre à eux normalement. Il ne se plaint pas, ma mère est paralysée et moche. Je crois bien que ça l'arrange d'être paralysée, ma mère. Elle ne fiche rien de la journée à part regarder la télévision et faire des sudokus avec les solutions en annexe. Mon père a raboté la gazinière à sa hauteur pour qu'elle puisse nous préparer des crêpes de temps en temps, ou nous réchauffer des raviolis en boîte, mes préférés.

Mais elle ne fait rien. Rien d'autre que zapper. Feuilleter des magazines. Faire des tests sur le sexe et l'amour. Et se réjouir de la cellulite d'une star sur la plage. Elle a eu un accident en allant au travail lorsque j'avais 7 ans. Depuis ce jour, j'ai pris mon bain seul. Pourtant la baignoire est basse. À la bonne hauteur en principe, comme si le fabricant avait pensé qu'une mère paralysée devait quand même pouvoir laver son fils. Moi, j'oublie toujours de savonner l'arrière de mes genoux, de mes oreilles et de mes chevilles mais je sens bon l'aloé vera. Enfin c'est ce que dit le flacon. Je n'en ai jamais senti en vrai, de l'aloé vera. Ma mère me peigne seulement les cheveux et trace la raie la plus droite possible. Sur le côté. Elle dit que ça fait sérieux pour l'école.

Ce jour-là, elle faisait répéter ma sœur qui se présentait au concours de Miss Fête de la mirabelle. Idéalement, ma sœur aurait voulu être noire. La poisse, elle est blanche. Très blanche. Blanchâtre. On voit toutes ses veines. À table, je lui fais toujours la même blague :

— Tu m'passes du sopalin l'Ivoirienne s'te plaît !
Je suis le seul à comprendre cette blague mais comme une blague expliquée n'est plus une blague, qu'ils se démerdent. Elle se fait des tresses africaines mais on voit son cuir chevelu rosé. Elle s'obstine à les crêper pour avoir du volume mais rien n'y fait, elle est lamentablement française de souche ma sœur. Je crois bien qu'elle pense qu'en baisant avec tous les Noirs de la cité, elle le deviendra un peu aussi. Mais rien d'autre ne déteint sur elle qu'une réputation de sale timpe. Elle prend des cours de danse africaine à l'association, seulement elle n'a pas le bon cul pour ça. Le sien tire vers le bas au lieu de rebondir vers le haut. Elle y met tout son cœur pourtant mais ses jambes de Blanche sont programmées pour marcher, pas pour zouker.

Elle m'avait demandé de lui rédiger un petit texte de présentation pour l'élection. Car le comité des miss voulait s'assurer qu'en plus d'être jolies, ces jeunes filles étaient intelligentes.

— Tu peux dire : « Je suis actuellement en formation d'esthéticienne mais je fourmille de projets. À l'image de ma région qui réunit

tradition et modernité, je suis une jeune femme pétillante et si je suis élue je serai une miss engagée. »
— Ouais mais esthéticienne, c'est pas vraiment ça que j'fais. J'pose des ongles, j'fais des french…
— Alors tu peux dire : « Je suis actuellement prothésiste ongulaire mais je fourmille de projets. »
— Ah c'est bien, ça ! Pro quoi déjà ?
— Prothésiste ongulaire.
— Ah ouais ! Ça fait genre médecine et tout…
Elle est allée répéter dans la chambre avec ma mère qui lui donnait des directives grotesques comme « garde toujours la bouche entrouverte, ça fait mystérieuse » ou alors « ne répond jamais non, dis oui mais… » ou encore « une petite larme ne fait pas de mal ». La porte entrouverte, je les entendais se dépatouiller avec des mots dont elles ignoraient le sens.
— Polo, pour dire qu'on est un peu timide, on dit « je suis puritaine » ou bien « je suis pudique » ?
J'ai répondu :
— Ni l'un ni l'autre, on dit « je suis une gourgandine ».

Je me suis levé pour aller leur expliquer que le terme le plus approprié était gourgandine, que cela signifiait pure et pudique à la fois, réservée et bonne vivante, gourmande de la vie quoi… Elle l'a soigneusement noté dans son manuel de miss. Jamais elle n'aurait vérifié. Je me languissais du jour où elle répondrait, la bouche entrouverte, « je suis une gourgandine et, à l'image de ma région, je suis une jeune femme pétillante ». Moi je savais que si elle était élue, elle finirait par sucer tous les footballeurs de seconde zone car, à l'image de sa région, encore elle, ma sœur a le goût des bonnes choses…

Lorsque mon père est rentré, je lui ai préparé des poissons panés avec des frites au four. Ma sœur a mis la table tout en répétant son texte. Il est allé machinalement faire un bisou à ma mère avant de s'affaler sur le canapé-lit du salon-salle à manger. L'espace est un vrai souci pour nous. Il m'a demandé son assiette et s'est endormi la télécommande à la main et la bouche entrouverte. Pas pour les mêmes raisons. Pas pour avoir l'air mystérieux. Il

devait repartir dans quelques heures faire le ménage quelque part.
Ma sœur et moi on est restés à table pour la forme. C'est moi qui insiste toujours pour ça. Je veux garder un semblant de vie de famille, de règles, une petite discipline de rien du tout. Juste bouffer à table, comme ils font à la télé, comme ils font dans les magazines de déco, comme on fait chez Marwan mon voisin et chez les Miller dans mon manuel d'anglais. J'essaie aussi de discuter, comme ils font dans mes livres.

— Tu savais que Primo Levi, quand il était dans les camps, il se lavait tous les matins avec son urine pour préserver le rituel de sa toilette quotidienne ?

— Hein ?

— Pour ne pas oublier qu'il était un homme alors qu'on le traitait comme un chien.

— Primo j'sais pas qui c'est, secundo j'm'en fous d'ce mec.

Morte de rire, elle a séparé le colin blanc de la panure ultracalorifique et l'a mangé sans sel, concours imminent oblige.

— Très drôle !

— Et pis c'est dég' de s'laver avec sa pisse.
— Mais non, au contraire, c'était plus pour faire les gestes de la toilette, tu piges ?
— Non et j'm'en balance.
— Se laver avec son urine pour pas oublier qu'il est un homme…
— Putain c'est dég' Polo, on bouffe !
— C'est pas dég', c'est incroyable.
— Ce qui est incroyable c'est qu'je sois là à écouter tes conneries…
Elle a pris son assiette et a rejoint ma mère. Devant la télé. Dans le lit. Plein de miettes. Oui, j'avais lu ça à la bibliothèque. Oui, j'aime bien étaler moi aussi. Dire des trucs qu'elle ne comprendra sûrement pas. Tester ma culture nouvelle. Qu'elle soit à côté de la plaque et qu'elle grommelle des *hein ? quoi ? pourquoi ? mais c'est qui ? ça veut dire quoi ?*. J'aime lui faire la leçon en mangeant à table. Lui dire qu'il faut résister même si la chute est inévitable. Notre chute. Le dos bien droit et les coudes bien… peu importe les coudes du moment qu'on mange tous ensemble, ou presque.
J'aurais voulu que ma sœur soit avec moi pour me sentir moins seul dans cette famille. Pour

sauver les meubles. Les apparences. La photo de famille quoi. Tous les soirs, j'ai une double indigestion : acides gras saturés dans l'assiette et famille de merde autour. Plus tard, j'aurai un salon et une salle à manger séparés ainsi qu'un canapé et un lit séparés. Une charmante épouse dans la cuisine, des enfants autour de la table, moi en train d'allumer le feu de la cheminée et des petits légumes frais du marché en accompagnement dans mon assiette.
Découragé, j'ai débarrassé la table et fait la vaisselle. De la vaisselle dépareillée. Des couteaux lisses, des fourchettes dangereuses, des verres tranchants, des assiettes rayées. Et des éponges grasses. Le deuxième film allait commencer. L'extrait annonçait un film français où une femme n'était pas sûre d'aimer un homme qui lui-même aimait une autre femme, elle-même amoureuse d'un homme qui aimait un mineur. Bref, personne ne s'aimait. Le jingle de la pub a réveillé mon père. Forcément, le volume augmente tout seul à l'heure des pubs. Mon père a refermé la bouche en mâchant dans le vide, il s'est redressé et a regardé sa montre. On était vendredi, je n'avais

pas école le lendemain. Donc je pouvais l'aider. Embarrassé à l'idée de m'imposer sa vie, il trouve toujours un moyen d'alléger le truc. Là, il a dit :

— Bon alors mon Polo, tu viendé ou pas ce soir ?

Une petite faute de français rigolote pour soulager tout ça, un peu d'humour pour camoufler le désastre de la soirée. Une soirée qui s'avère être sa vie en fait. J'ai souri, ça détend mon père, et j'ai répondu comme à chaque fois :

— Je viendé, je viendé…

Je l'aime mon père, mais j'ai du mal à l'admirer. Souvent, quand je le regarde, il est à quatre pattes, alors forcément ça manque un peu de hauteur tout ça…

Cette fois, on nettoyait des bureaux. Des « open spaces » bordéliques après une fête d'adieu. Un employé était parti pour mieux, c'était réjouissant. Il y avait des cotillons et des flûtes de champagne en plastique par terre. Une banderole en papier crépon saluait Cédric, l'ami de toujours qui allait nous manquer. Mais ça n'avait pas suffi, Cédric se barrait quand

même. Je récupérais les sifflets, les guirlandes et les couronnes des rois. Les fèves aussi. Elles étaient en résine et en plâtre, peintes à la main. Ma mère les collectionnait depuis toujours. Dans un grand sac poubelle, je jetais tout le reste. Le bureau de Cédric était vide, prêt à accueillir un autre employé qui devrait faire aussi bien. Voire mieux. Ou dégager.
Dans une corbeille, j'ai trouvé une lettre avec trois traces de larmes dessus. Béné écrivait à Cédric tout le mal qu'elle pensait de lui. Elle s'en voulait de l'avoir cru et attendu et cru et attendu et cru… Elle lui souhaitait un cancer des testicules qui se généraliserait ensuite. Elle en était sûre : un jour la justice immanente ferait son travail… Royale Béné. Royale justice immanente. Je ne savais pas s'il l'avait lue ou si elle l'avait jetée avant, mais ce qui était sûr c'était que Cédric était un bel enfoiré d'homme marié qui avait sauté Béné toutes ces années sans tenir ses promesses. Il était parti et elle, demain, elle allumerait le nouvel employé et se referait baiser. Parce que Béné est une conne, c'est son nom qui fait ça.

En passant l'aspirateur, je l'imaginais dans son appartement résidentiel avec vue sur le parc et code à l'entrée. Des bougies odorantes partout, des rideaux colorés pour atténuer sa grisaille, un chat, son petit confident, des bouddhas avec des chapelets, des photos d'elle au soleil faisant des grimaces avec ses copines, des livres de déco et de témoignages de femmes battues ou brûlées vives, une bouteille de vin rouge, un tableau de Gandhi style Warhol, des pâtes en forme de zizi histoire de rire le samedi, une télé branchée sur la mosaïque des chaînes car Béné ne sait jamais ce qu'elle veut.
J'ai pris la lettre, j'en ai fait quelques photocopies et avant de partir vers une heure du matin je les ai disposées sur les bureaux de ses collègues, histoire que tout le monde sache que Béné avait couché avec Cédric. J'aimais l'idée de foutre le bordel, ça rendait mon travail un peu plus bandant. Lundi, on ne parlerait que de ça à la cafétéria, Béné serait démasquée et les femmes de son étage la mépriseraient. Elle ne méritait pas mieux, elle n'avait qu'à pas croire un homme marié. Ce sont les plus grands menteurs de la galaxie,

tout le monde le sait. Ils n'ont pas le choix, ils sont mariés.

Mon père a refermé la porte d'entrée et rendu la clé au gardien de nuit. Un Arabe. Avec un chien énervé. Avant de partir, il est allé pisser. On a eu le temps de bavarder un peu, le gardien et moi.

— C'est un quoi ce chien ?
— Un rott.
— Il fait peur hein !
— Tu m'vois faire la sécu avec un caniche ?
— C'est sûr…
— Tu devrais pas être en train de dormir toi ?
— Ben j'aide un peu mon père, y'a pas école demain.
— C'est bien p'tit, faut les aider nos darons, c'est sacré.
— Ouais…
— Ouais.

On a quitté l'immeuble en laissant l'Arabe seul avec son chien. C'est sûr qu'avec sa paye, il aidait son père. Tous les Arabes font ça. Ils ne gagnent pas grand-chose mais ils aident toujours leurs parents. Avec le sourire en plus. Les Arabes ne conjuguent rien à la première

personne du singulier, ils préfèrent le pluriel. J'ai aimé que ce mec m'encourage à aimer mon père à une heure du mat'. Alors j'ai aimé mon père, même s'il est femme de ménage. Il fallait l'aimer coûte que coûte, comme les Arabes. Même s'il y a mieux que le père chez les Arabes : il y a la mère. La deuxième personne après Dieu. Mon voisin Marwan en a une comme j'aurais rêvé en avoir. Là. Toujours. Tout le temps.
En rentrant ce soir-là, j'ai donc aimé mon père comme un Arabe. Je le lui ai même dit une fois. Pour ne pas oublier. Il m'a dit qu'il m'aimait aussi. On a raté le dernier bus. On a marché. On s'est aimés.
À l'école, lundi matin, Jason m'a appelé dans la cour :
— Eh Paul, mon père connaît ton père tu sais. Il bosse pour la boîte de nettoyage de mon père.
Trop de pères dans cette phrase. Un père de trop en tout cas. La poisse ce Jason. Quel coup bas. Devant Sidonie en plus. Je l'ai haï là. Mon père.

Parfois on regarde les infos le soir sur la une et mon père commente chaque nouvelle. Comme tous les gens qui n'ont pas d'avis, il la ramène sans cesse sur des sujets trop grands pour lui. Il paraphrase le journaliste en y ajoutant un *pfff* plus personnel. Quand le journaliste dit : « le conflit israélo-arabe s'enlise et à la table des négociations les sièges aujourd'hui sont restés vacants… » mon père répond : « Ce conflit pfff, des négociations mon cul oui ! Vacant, vacant, ouais c'est ça, ils sont en vacances tous ces cons. » Il ponctue tous ses commentaires de « tout'façon, tous les mêmes ! ». Sa solution à lui est bien simple. Vu que les uns et les autres fantasment de se jeter à la mer mutuellement, il dit : « On les jette tous à la flotte, loin du bord, et y'a qu'ceux qu'arrivent à remonter qui restent. J'peux t'dire, ça va en faire d'la place… » Il se bidonne, pas peu fier de sa remarque, qu'il ne trouve pas si bête au fond. Du coin de l'œil, il observe nos réactions l'air de rien.

Il se trouve cynique. Et pour lui, le cynisme c'est les riches, l'élite, ceux qui peuvent se permettre de faire une blague sur un enfant leucémique, si le mot en vaut vraiment le coup évidemment. Car le bon mot est au-dessus de tout et l'insolence est reine. Il oublie juste qu'il

n'est qu'un valet. Ma mère aussi y va de sa petite phrase en fin de journal. Elle dit toujours la même chose : « Eh ben, on peut être content de qu'est-ce qu'on a. » Je ne vois pas de quoi elle parle. Non, vraiment pas. Elle raffole des sujets de société ma mère, des gens qui lui ressemblent, des enquêtes dans les supermarchés, des reportages dans le Cantal. Mais ce qu'elle aime par-dessus tout, c'est les faits divers. Ma mère est une fan du fait divers sanglant. « Un homme achève sa femme à la hache et dévore son foie avec des aromates. »
Elle n'est jamais rassasiée, toujours en manque d'émotion. Car un pédophile qui viole un enfant, ça l'émeut aux larmes. Heureusement, il y a de nouveaux cas tous les jours. On a de quoi faire avec les pédophiles. À croire que c'est une seconde nature chez l'homme que d'aimer les petits êtres innocents. Visage de circonstance oblige, elle trouve ça dégueulasse et pense qu'il faut tous les castrer. On ne change jamais vraiment, elle dit. Je lui rappelle qu'il leur resterait leurs dix doigts. Qu'un doigt dans le cul, quand c'est pas voulu, c'est dégueulasse aussi.

Le lendemain, elle raconte tout à la voisine qui a vu exactement la même chose, des détails les plus sordides aux happy ends bienheureux : l'enfant a retrouvé sa famille, le cul défoncé mais sain et sauf. On le suivra avec une caméra pour savoir ce qu'il sera devenu un an après, cinq ans après, dix ans après. On le verra créer une association contre la pédophilie sur internet. Ce qu'il ne dira pas, c'est qu'encore aujourd'hui, aller aux toilettes sera une torture et que faire l'amour à une fille, il n'aura jamais réussi.
Je suis pour la peine de mort, je ne comprends pas tous ces débats autour d'elle. Soi-disant on ne répond pas à la barbarie par de la barbarie. Qui est le con qui donne son autre joue quand on lui en colle une ? Il fait ce qu'il veut de sa joue, mais la mienne on l'a touchée une fois et personne n'effleurera la deuxième.
Je voudrais que mon oncle meure. Le frère de ma mère.

On n'a pas toujours habité dans la cité. Avant, c'était le Morbihan, et dans le Morbihan on était tous serrés dans la maison pourrie de mon

grand-père, et mon oncle, c'était un porc. Je suis né là-bas, à Plouhardec. Je crois bien que j'ai été un enfant désiré contrairement à ma sœur qui a été le fruit d'un accrochage au bord de la nationale 13 en rentrant de l'Alexander's, un soir, quand mes parents étaient plus jeunes. Ils se chevauchaient à l'arrière d'une voiture sur le parking de la discothèque quand un soûlaud a heurté leur Simca grise par l'avant. Sous le choc mon père a déchargé. Ils ont été sonnés au point qu'ils ont oublié comment on fait les bébés. En déchargeant justement. Alors, ils ont été surpris. Ils l'ont appelée Alexandra.
Ils lui ont mordillé les mollets et les fesses quelque temps. Jusqu'au jour où ça n'a plus eu de goût. Il a alors fallu aller au parc, le mercredi, le samedi, le dimanche. Il fallait aussi lui mettre du vernis quand maman s'en mettait. Sinon elle criait et grand-père la menaçait d'une rouste de sa main ravagée par sa tronçonneuse un matin, à l'aube, en hiver. Elle revenait vers papa, des timbres de collection collés au bout de ses doigts rose nacré, appréhendant la claque pour avoir fouiné dans l'album

de tonton. Tout le monde s'en mêlait et c'est ma mère qui prenait.

— Mais pourquoi qu'tu lui as mis du vernis ?
— C'était pour qu'elle fasse pas de bruit pardi…

Après, je suis né et nous avons vécu tous ensemble, mais ça n'avait rien d'heureux. La proximité et le manque de sous nous rendaient méchants. Mon père insultait ma mère, ma sœur frappait ma cousine, ma grand-mère humiliait ma tante et mon oncle me la mettait dans la bouche. Il noyait sa mouise dans des litres de vin bouchonné qu'il récupérait dans les cuisines du restaurant où il faisait la plonge. Un jour, il a vomi dans le pot-au-feu de la table 12. Il s'est fait renvoyer. Ma tante est partie avec sa gamine et elle a tué le bébé qu'ils attendaient. Dans un autre pays car il avait déjà des doigts de pied. Le soir, dans la cave, je fabriquais des pièges à souris avec du gruyère comme dans les dessins animés. Il a dit « j'vais t'faire passer l'envie de gaspiller du fromage moi ! ». Et il l'a fait. Exactement comme à la télé, quand les enfants racontent qu'on les a abusés. Ou attouchés. *Épousseter*,

abuser, *attoucher*, heureusement qu'il y a les mots dans ma vie…
Et puis mon père a reçu une proposition d'embauche géniale en banlieue parisienne. Ça a adouci mon réveil ce matin-là. Au pied de mon lit, mon père m'a dit : « Mon Polo, ça y est, on est partis ! » Une cousine lointaine lui proposait un emploi de coursier dans la société où elle travaillait. Mon raté d'oncle en mourait de jalousie au petit déjeuner. C'était une minuscule vengeance. Mais une vengeance quand même. Je n'allais pas tout gâcher en me lamentant. On était heureux, il fallait que ça dure. On partait à Paris pour vivre comme des Parisiens.
On est partis à Saint-Thiers-lès-Osméoles, allée des Œillets, et mon père n'a pas été coursier. Ils ont choisi un Arabe à la place pour respecter les quotas. Ces quotas qui prouvent que tu les aimes bien les Arabes au fond. Mon père, lui, on ne l'aimait pas beaucoup. Il n'avait pas grand-chose pour lui à vrai dire. Avec ses cheveux longs dans la nuque et sa brosse sur le dessus, il cherchait un peu…

Je n'ai jamais parlé de la cave. Je voulais être comme les autres, que mon cul ce soit *exit only*. Mon père m'aurait cru. Ma mère probablement pas. Mon père l'aurait tué et je me serais retrouvé à habiter seul avec ma mère. Je préférais serrer les fesses chaque fois que je m'en souvenais et que mon père soit là, avec moi. Toujours. Tout le temps. Surtout au coucher, quand on pense. Qu'on se souvient. Et qu'on peut en mourir.

Son collègue chef de village au Mali et chef d'entretien chez Lav'Top lui raconte souvent des petites histoires au mafé. Il aime bien me les sortir, le soir, quand on est dans la chambre.
— Polo, ça fait quoi un âne au soleil ?
— Je sais pas.
— De l'ombre.
On éclate de rire tous les deux. J'oublie mon cul et je m'endors sereinement.
— Bonne nuit mon Polo.
— Bon travail papa.

Après l'école, j'ai filé au centre commercial. On était mardi et j'avais cours le lendemain matin. Mais ce soir mon père nettoyait le magasin de sport. Interdiction formelle de toucher les articles : je m'en fous, zigzaguer entre les allées me suffit. C'est le pied ce magasin, c'est gigantesque.
Quand je suis arrivé, ça avait l'air de chauffer. Je me suis arrêté à la porte. Derrière la vitre, mon père était en train de se liquéfier face à son patron, qui faisait de grands gestes et criait très fort. Je l'entendais d'ici. Je n'ai jamais su ce qui s'était vraiment passé, si mon père avait déconné ou si son patron était un abruti, mais là j'ai eu très mal. Il tenait bon, bien droit, et regardait son patron entre les deux sourcils. Dans les yeux, c'était trop difficile. Entre les sourcils, ça faisait encore un peu digne. Il ne bronchait pas. On aurait dit que son patron jouissait de le voir ainsi sous vide. Et puis mon père m'a aperçu et a légèrement bombé le torse.

Assez pour que je le remarque mais pas trop quand même pour ne pas défier le boss. J'ai détourné le regard. Je ne voulais pas ajouter à son accablement. Le savon a encore duré quelques secondes. Juste le temps pour moi d'essuyer une larme. Après, mon père s'est approché et, d'un air mi-détaché mi-humilié, mi-amusé mi-mortifié, j'ai dit en premier :
— Comme tu l'as regardé ma parole, j'aurais pas aimé hein !
C'est infaillible comme technique avec mon père. Je l'ai déjà expérimentée et ça marche à tous les coups. Il faut toujours couvrir la faiblesse de son père, surtout quand c'est la honte absolue comme ce jour-là. Je lui avais offert un peu de répit.
— Tu sais avec les cons vaut mieux la boucler, ça lui passera…
— Ouais je sais papa…
On a repris le travail. Jusqu'à la fin du ménage ce soir-là, mon père a répondu à son patron. Il faisait les gestes, la moue arrogante, le regard méprisant, les silences contrôlés. Tout ce qu'il aurait rêvé de dire une demi-heure plus tôt à ce con, il le murmurait à son plumeau. Ça me

torturait de l'intérieur, j'avais un ulcère au cœur de voir mon père nié. Toujours. Tout le temps. J'aurais donné ma mère pour que mon père réponde, réagisse, s'oppose, réplique. Une seule fois, être du côté de celui qui mate, pas de celui qui gratte. Je lui en ai voulu à mon père, parce que j'ai vraiment eu pitié de lui. C'est indigeste la pitié. Encore plus envers son père. On n'a pas le droit de lui en vouloir pour de vrai, on doit lui trouver des circonstances atténuantes qui n'ont rien à voir avec la réalité.

Une nuit, j'ai rêvé qu'il était gérant d'un restaurant réputé et qu'il avait mis une raclée à un Auvergnat qui avait insulté un Portugais en cuisine. Il pointait son doigt vers le haut, postillonnait, la veine de son front allait exploser et les mecs se tenaient à carreau. Il terminait en disant : « Un seul autre faux pas et ce ne sera pas la peine de revenir, tout chef que tu es ! » Et il partait, supérieur, en faisant ricocher les portes. Des portes battantes, comme dans les films américains. Je chéris depuis toujours ces précieuses secondes au réveil où on ne sait pas. Où le rêve se prolonge un tout petit peu. Où on croit vraiment que son père

est gérant de restaurant. Quand mes yeux se décollent et qu'autour tout est nébuleux, j'essaye d'y retourner à tout prix. En vain. À la place, tous les matins j'aperçois le dos de mon père qui sort du drap. Un dos tatoué. Souvenir de jeunesse avec des potes dans le Morbihan. Des potes un peu cons puisqu'à la base le pari était de se tatouer une bite de la taille exacte de la leur sur le dos. Et qu'après la cuite il a fallu la transformer en dragon millénaire, symbole de la dynastie Huang de Chine centrale, dixit mon père.
Je me suis levé, il était l'heure d'aller à l'école. Ma mère dormait encore. Ma raie était floue.

— Dans mes rêves les plus fous, chez nous on aurait une cuisine américaine. Avec un gros plan de travail au milieu et des placards autour. Je serais assis sur un haut tabouret et j'hésiterais entre plusieurs boîtes de céréales. On aurait un broyeur dans l'évier et plein de gadgets sur les étagères. Comme par exemple une salière électrique ou un diet piggy. C'est un petit cochon qui grogne à chaque fois que tu ouvres le réfrigérateur. Ça fait rire toute la famille normalement. Il y aurait aussi une fontaine à eau, chaude, froide ou glacée, et un grille-pain Hello Kitty qui crame la tronche de cette petite chatte sur ton toast sans bords. Il y aurait plein d'aimants rigolos sur le frigo qui retiendraient des dizaines d'invitations, anniversaires, premières communions et tournois de tennis. Je crois en fait que j'aurais aimé être un riche adolescent américain qui va à l'école le matin avec une raie sur le côté et qui rentre le soir sans raie à cause du tournoi de base-ball qu'il a remporté évidemment. À n'importe quelle heure de la journée, l'adolescent américain ressemble à une pub pour des polos. Des polos superposés, manches longues dessous, manches courtes dessus. Pourquoi ? On ne sait pas. On fait. On les copie tout le temps mais ça ne donne pas pareil. Il nous manque ce gène roublard de ceux qui ne s'embarrassent de rien et qui s'accommodent de tout.

Voilà le genre de conversation que j'ai avec mon amie Priscilla. Normalement, j'aurais mis ce prénom dans la catégorie des connes mais Priscilla sauve toutes les autres Priscilla. Elle est gentille et pas prétentieuse. Elle aurait pu l'être

parce qu'elle est belle et plutôt aisée. Elle aime en moi tout ce qu'elle ne trouve pas chez les autres garçons. Ça me donne encore plus envie de me cultiver et d'avoir des raisonnements personnels et nuancés. Celui sur l'Amérique l'avait pas mal amusée. Elle avait même dit :
— T'es drôle…
La différence avec moi, c'est que le matin elle hésite vraiment entre plusieurs boîtes de céréales. Et aussi qu'elle y a été, en Amérique. En Californie en plus. Et comme tous les prolos aisés, elle a fait le tour des maisons des stars avec ses parents.
— J'avais honte, t'as pas idée ! Et mes parents qui prenaient des photos et tout… Et à chaque voiture de luxe, mon père prenait une photo avec ma mère ou moi à côté. C'était tellement humiliant !
C'est là que j'ai su qu'elle était différente, Priscilla. Elle avait honte de prendre en photo la maison d'une star ou une Ferrari garée dans une allée. C'est vraiment la débilité poussée à l'extrême de faire ça. Développer la photo, l'encadrer, l'exposer sur le buffet. Et se rappeler chaque fois qu'on passe devant que la

Ferrari n'est pas à nous et que ça ne risque pas d'arriver.

— De toute façon, les gros bolides c'est bien connu c'est pour les cons. Le bruit du moteur sert souvent à camoufler le courant d'air qu'ils ont dans la tête. Les mecs, je veux dire.

— Tu serais pas un peu jaloux toi ?

— Ouais peut-être…

Priscilla habite un pavillon pas trop loin de chez moi mais du côté des vrais œillets et des vrais bougainvilliers. Je l'ai rencontrée au supermarché l'année dernière. Elle faisait ses courses avec ses parents. Ils avaient un caddie. Moi je faisais les miennes avec mon père. On avait nos bras. Furtivement, j'ai demandé avec les yeux si je pouvais prendre des Babybel. Il m'a répondu non. Avec les yeux aussi. On n'aime pas forcément mettre des mots sur tout. Je feignais de lire les indications sur le paquet pour ne pas le remettre tout de suite en rayon. Je l'ai reposé comme si je n'avais jamais vraiment souhaité le prendre. Priscilla avait tout vu. À la sortie du supermarché, elle a couru vers moi et a glissé des Babybel dans mon sachet en plastique. Je n'ai pas saisi tout de suite. Elle

était déjà dans son break familial lorsque j'ai compris. Je suis allé à la sortie du seul collège où une fille comme elle pouvait être élève. Je l'ai retrouvée et même abordée. Il fallait que je la remercie pour les Babybel. C'est la seule chose qui devrait être gratuite dans les supermarchés. Aucun enfant n'y résiste. On les mange et le goût se prolonge dans nos mains. On fait des formes avec la cire et c'est amusant.
Jamais je n'ai fait un geste déplacé envers Priscilla, rien qui puisse la mettre mal à l'aise. Sa présence vaut bien plus qu'une amourette. Elle me permet de m'échapper de mon milieu de péquenots. Elle m'admire et ça me rend fort, elle me dit toujours que j'irai loin. Contrairement à ma conseillère d'orientation. Priscilla en vrai je l'aime mais j'ai compris que c'est la fille qui décide de quand on peut faire le coq. Pas nous. On n'est que des ados et je dois encore faire mes preuves pour qu'elle veuille aller loin avec moi. Peut-être. Plus tard. Priscilla en vaut la peine. Mais je dois dire qu'un jour j'ai quand même bandé lorsqu'elle a passé sa main dans mes cheveux pour me décoiffer et qu'elle a effleuré ma joue.

Heureusement, je ne portais pas de slim, moi. J'en ai plaisanté en faisant du style :
— Pourquoi infliger ça à notre instrument le plus précieux, nous les hommes ?
Ça la fait rire quand je parle comme ça. Elle a répondu :
— Oui, surtout toi, il a besoin d'espace…
J'ai éclaté de rire, la mort dans l'âme.
— Espace, c'est que le prénom, j'peux te dire.
En fait, il est minuscule. Il ne grandit pas. J'essaye de l'oublier pour qu'il n'ait pas la pression, mais on dirait un bébé cornichon et mes couilles, les petits oignons. Je redoute de plus en plus cette anomalie. Elle peut foutre ma vie en l'air si ça ne change pas. On ne se relève pas d'une chose pareille. Je porte du 40 en chaussures et du 24 en caleçon. Ma mère les commande dans un catalogue de vente par correspondance et je donne toujours une fausse taille. J'ai donc dû apprendre à coudre. Enfin, à retoucher.

À « prothésiste ongulaire », j'étais mort de rire. Toute la salle prenait ma sœur pour un docteur qualifié, une espèce de podologue pour mains.

Ma sœur n'était pas la plus moche de la Fête de la mirabelle. Ni la plus bête. Elles se valaient toutes, ces miss sur le podium souriant sincèrement à un avenir plus lumineux, débordantes d'enthousiasme à l'idée de changer le monde. Grâce à la beauté. Celle de l'âme évidemment. Elles scintillaient sous les projecteurs parce qu'elles s'étaient badigeonnées de paillettes. Il paraît que c'est beau. Mais quand on brille trop à l'extérieur, c'est qu'on est mate à l'intérieur. Encore une phrase inventée par un pauvre pour ne pas acheter de bijoux à sa femme. Les pauvres trouvent toujours des formules spirituelles pour justifier leur disgrâce. Mon voisin le Malien et le père de Marwan sont des champions dans ce domaine. Mon père s'est joint à eux et l'a sorti à ma mère lorsqu'elle a voulu commander un sautoir chez un joaillier d'une quatrième de couv' d'un programme télé. Ma sœur a été sacrée Mirabelle d'automne, la meilleure étant celle du printemps. Elle recevait quand même un bon d'achat de quelques euros pour se faire belle dans un centre de soin et un week-end pour deux personnes au Mas des Roches à côté du

château de Tarascon. À «gourgandine», tout le monde s'était moqué d'elle. J'avais compris que je n'irais jamais au Mas des Roches. Elle a invité sa copine Aminata. C'est de bonne guerre. Autour du buffet, les miss de saison échangeaient leurs numéros de téléphone et s'organisaient pour partir en même temps. La Côte d'Azur, il fallait y aller l'été. L'une d'elles avait une grand-mère à Tarascon et elle les assurait que Saint-Tropez n'était qu'à une heure tout au plus. Mais sur l'invitation, il y avait une annotation en minuscule dans les informations générales : « Le séjour se déroulera entre le mois d'octobre et le mois de mars. » Là où les mirabelles n'avaient vu qu'une étoile, j'avais vu un astérisque et m'étais donc reporté en bas de la page 4. Moi, Polo, je ne suis pas belle mais je sais lire. Tout. Même ce qui n'est pas écrit. En plein hiver, à Tarascon, il n'y a qu'une chose à faire : visiter le château de Tarascon. Aminata ne voulait plus y aller : « Qu'est-ce j'vais aller foutre au château con d'ta race en plein hiver ? »
Ma sœur a revendu son week-end à bas prix sur un site de vacances en solde. Elle attend d'être majeure pour se présenter à l'élection de

sa région. C'est son unique ambition. Être la plus belle et en avoir la preuve. Je ne suis pas très objectif, elle est plutôt jolie mais tout manque de rigueur en elle. Comme si sa beauté était un heureux hasard et non le résultat de multiples croisements de vies tragiques et fantastiques. Les miss sont ainsi, belles par hasard. La beauté n'obéit à aucun critère, elle est fantasque et inconvenante. Elle ne parle pas. Surtout pas. Ma sœur est jolie mais elle deviendra moche. Elle n'est donc pas belle. Je suis objectif.

La fin de l'année approchait, ça sentait bon les grandes vacances. Moi j'appelle ça les longues vacances. Le plus terrible, c'est de voir la cité se vider. Marwan et sa tribu entassés dans le mini-van bourré. Apparemment, tout peut servir dans leur pays d'origine : bicyclette sans roue, évier sans robinet, chaise sans dossier… Un vrai débarras, ce pays. La mère de Marwan était en charge du Butagaz portable, des biscuits, des boissons et des sandwichs à la sauce qui une fois passée la frontière espagnole pouvaient se manger à la cuillère comme de la bouillie.

Abdu allait au Mali. En avion. La classe. Mais seul. Sans le reste de la famille. Trop cher. Chacun son tour. Henri allait à Hyères chez des grands-parents généreux puisqu'ils offraient à sa demi-sœur de l'accompagner même si elle était une pièce rapportée. Rapportée par son quatrième beau-père. Et moi j'aidais à empiler les affaires dans des coffres, sur des toits et je leur faisais bye-bye jusqu'au virage après le rond-point. Un silence de mort plombait alors ma cité à risque. Oui, là je le sentais le risque. Le risque de faire n'importe quoi pour assouplir le temps. Et s'il ne voulait pas s'assouplir, on allait le dresser, nous les mauvais élèves, les derniers de la classe, ceux qui restent. Toujours. Tout le temps.
Je me demandais comment j'allais faire. L'ennui me guettait comme une vieille villageoise guette un étranger dans sa rue. Une lettre, une nouvelle quelconque, une petite émeute, tout était bon pour distraire mon été qui s'annonçait interminable, longiligne et suffocant. Les gens n'arrêtaient cependant pas d'aller aux chiottes en lisant des bouquins. J'avais donc à faire avec mon père à la bibliothèque. De longues allées

d'auteurs suffisants à récurer. Parfois j'avais envie de déchirer les pages de leurs livres pour les faire chier, eux qui étaient allés si souvent à La Baule, en Inde, à Madagascar ou en Irlande chercher leur inspiration. Eux qui si souvent étaient partis en vacances dans une maison de famille avec des fougères et une véranda. Et de la citronnade pour se désaltérer entre deux formules élaborées. Il fait beau, il fait beau ! Il fait chaud, il fait chaud ! Il fait nuit, il fait nuit, quoi ! Pas besoin de tartiner des pages et des pages de mots pour faire l'intéressant. Ni fougères, ni véranda, ni citronnade. Plastok, bitume et Oasis pour moi. De quoi passer un été paisible.

Il fallait que je couche avec une fille. De force. Ou pas. De force c'était mieux, elle dirait non, non et moi j'entendrais oui, oui. Ça me ferait un truc à raconter à la rentrée. Au moins ça. Les Arabes étaient toutes parties au bled. De toute façon, en choper une était impensable dans ma cité. Les représailles pouvaient être mortelles. De *morire*, mourir. On ne rigole pas avec l'honneur des Arabes. D'ailleurs on ne rigole pas tout court avec les Arabes quand il s'agit de leurs sœurs ou de leurs mères. De leurs femmes, pas trop non plus. Les Noires, elles étaient plus fortes que moi et elles aimaient les Arabes, pas les Blancs. J'étais blanc. Et les Blanches, elles ne voulaient que les Noirs et les Arabes, les gourmandes. Donc ce serait de force. Forcément. Serena de l'allée des Bougainvilliers ferait l'affaire. Elle a une jambe plus courte que l'autre. Elle serait moins exigeante. C'est sûr.

À peine avais-je eu le temps de me décider à aller voir en bas de chez elle si elle ne traînait pas dans le coin que je rencontrais mon père en bas de chez moi qui descendait les poubelles. Au lieu de les jeter par la fenêtre comme tout le monde. Son entreprise, enfin celle du père de Jason qui était à Porquerolles chez sa mamie, offrait aux enfants sans mamie au bord de l'eau une visite du Louvre.

— Nan.

Je me suis affalé sur le canapé et j'ai boudé. C'est toujours comme ça au moment des départs, je suis triste et énervé. Un petit sauvageon sommeille en moi. Je dis non. Toujours. Tout le temps. Rien ne vaut un départ en vacances en famille. Rien ne vaut une engueulade à l'arrière de la voiture. Rien ne vaut une torgnole de la main droite du père, puisque la gauche tient le volant. Et rien ne vaut la pause casse-croûte sur l'aire de repos au bord de l'autoroute. Marwan me l'a raconté l'an dernier. Son père ne sait pas manger de casse-croûte. Il lui faut toujours de la sauce. Peu importe où. Le Butagaz sert à ça. Sa mère aussi.

J'étais jaloux. De leur laborieux voyage qui les ramenait chez eux. Ils avaient beau être français, ils n'en restaient pas moins arabes à mort. J'aurais voulu être un Arabe l'été. À mort. À la place, je suis allé au Louvre, histoire de traverser le périph'. C'est beau, certes, il n'y a pas à chier là-dessus. Mais c'est démoralisant aussi de voir autant de chefs-d'œuvre les uns à côté des autres. De voir ce qu'un homme seul est capable de réaliser alors que je suis encore incapable de faire mes lacets correctement. Isabelle, la jeune guide, n'arrêtait pas de se plaindre. De nous. Qui ne nous intéressions pas à ces joyaux. Nous qui avons la chance de vivre dans une ville comme Paris. Enfin, à côté. C'est un détail. Elle disait qu'à part râler, nous ne savions rien faire. Ça nous calmait

quelques pas et on recommençait devant David. Pas un copain, un peintre hyper réputé et hyper respecté.
Cette abondance de chefs-d'œuvre m'étourdissait. Pourquoi décider de peindre un truc qu'on a en face de nos yeux ? Pourquoi se faire chier à réussir une ombre, un pli, une cambrure ? Pourquoi s'isoler quatre années pour dessiner un plafond ? Pourquoi se sculpter les uns les autres ? Pourquoi rendre aussi bandant un mec qui nous interdit tout ? Car Jésus était terriblement sexuel et aguicheur sur sa croix en train de prendre un plaisir fou à souffrir devant les gens. Un corps parfait prêt à expier nos péchés. Je pouvais la forcer, l'autre bancale de Serena, quelqu'un avait déjà payé à ma place. Jésus, tellement érotique avec son caleçon de lin blanc taille basse subtilement retenu par d'affriolants ilions, m'embrasait. Les chrétiens sont bons en com. Avoir mal, bouche entrouverte, crucifixion, flagellation, pénitent en extase, on jouit avec eux. Comme quand notre vessie est pleine à craquer et qu'enfin on se vide, qu'un air idiot glisse sur notre visage. On s'abandonne. On se plie. On

se résigne. Et on jouit. Jusqu'à la dernière goutte. De pipi, cela va de soi. Jésus, dans sa bonté, me disait secrètement « tout est interdit mais tout est toléré alors baise autant que tu peux, il n'y a que ça de vrai dans ce monde irréel ». Voilà ce que j'ai vu au Louvre. Voilà ce que j'ai entendu au Louvre. 15 juillet et une folle envie d'être chrétien.

J'ai reçu trois cartes postales. Une de mon copain Marwan. Une autre de mon amie Priscilla. Et une troisième de la tante de ma mère. Une riche. Elle a un pavillon.
« Salut mecton, sa va ?? Moi bien. Du soleil et des fête tout les soirs parce ya plein de mariage. G grossi et je nage a la piscine, bien, bien. Et s'est trop bien ; a la rentrée. Kiffe. »
« Coucou Paul, j'espère que tu vas bien. Ici ça ne va pas trop mal je dois dire. On va à la plage tous les jours et les Espagnols dînent très tard donc je suis un peu décalée. Mais c'est bien. Et toi, c'est comment la Sicile ? À très vite, je t'appelle quand je rentre. Gros bisous. Prisci. »
« De gros becs de Saint-Malo, balades, apéros et veillées tard dans la nuit ou tôt le matin…

Comme il fait bon vivre ici. Nous vous embrassons tous et j'ai hâte de vous raconter. Bises. » Elayoun, Alicante et Saint-Malo. Trois cartes postales ensoleillées. Agaçantes de « j'vais t'couler fais gaffe ! », « viens, on fait des bombes ! », « allez on ouvre encore une p'tite bouteille ! ». Premier mois de vacances pluvieux. Saloperie de dérèglement climatique. Je vais en brûler moi des sacs plastique et j'encouragerai les vaches à péter, pour que ça se rerègle. Juin nous a fait une promesse que juillet piétine comme une salope. Août ne s'est pas encore prononcé. Mais Auguste n'a jamais été un modèle de droiture. Demandez à Marc Antoine.

Devant la tour de Serena, il y avait une manifestation. Pour protester contre l'ascenseur. Enfin, pour qu'il revienne. Il était en panne depuis plus de deux mois et les autorités concernées se renvoyaient l'ascenseur par courrier recommandé, laissant les locataires épuisés, dans une terrible détresse. Les premiers étages compatissaient avec les derniers et Sarkozy s'en prenait plein la tronche. Toutes ces belles promesses qu'il n'avait pas tenues. Je faisais comme tout le monde, j'étais de gauche, mais là franchement c'était un peu boiteux de lui reprocher aussi les ascenseurs. De toute façon, je voyais bien que manifester était un moyen de se retrouver et de partager du bon temps. Après les revendications, on faisait des blagues. Le seul journaliste local qui s'était déplacé avait un micro à la main, et un verre de thé à la menthe dans l'autre. On transforme toujours tout, nous les pauvres, même quand on se plaint. S'indigner d'accord, mais la rigolade d'abord.

Chacun avait apporté un petit quelque chose, du thé, une bouteille de limonade, des biscuits ou des fruits exotiques. On oubliait l'ascenseur et on vantait son pays d'origine, chacun son tour. La mère de Serena se remémorait la maison de son enfance à Chavez, le père de Fouad sa maison en terre à Figuig avec une cave en sous-sol pour préserver la fraîcheur et c'était alors tout le modernisme qui s'en prenait plein la gueule. Tout était de sa faute au modernisme. Les jeunes se sont organisés pour aller chercher l'handicapée du quinzième, qui n'avait pas pris l'air depuis deux mois, et

la descendre sur-le-champ. Ils sont revenus sous les applaudissements des voisins et l'ont installée dans un fauteuil. Les petits frères sifflaient et chantaient l'hymne de 98. Les femmes faisaient youyou et les hommes crachaient sur le modernisme, encore lui.
J'ai dit salut à Serena, elle m'a répondu en regardant Tarik, un des grands héros de la soirée. Parce qu'il avait porté quatre-vingt-neuf kilos du quinzième étage. Et qu'il allait les remonter tout à l'heure. Il est beau, grand, costaud, tendance, mais au chômage. Toutes les petites bouffonnes de la cité tortillent du cul devant lui. Serena aussi. C'est naturel, avec sa jambe. Mais comme Tarik a toujours un mot gentil pour elle, elle a fini par se faire un film. Américain en plus. Pourtant, il n'a pas de travail, il zone et il y laissera sa peau. À force de tenir les murs, il va s'en prendre un. Comme tous les autres d'ailleurs. S'enraciner dans l'ennui et faire n'importe quoi pour ramener des sous. Et être aimés. Parce qu'il s'agit de ça : ces gros durs veulent être aimés. Comme ils ne savent pas comment s'y prendre, ils font du bruit. Même si je ne les aime pas,

parce qu'ils ont de beaux corps, je dois admettre qu'ils rendent toujours service. Aux vieux, aux femmes et à Serena. Dès qu'ils se sentent utiles, ces mecs sont de bons citoyens, quitte à en faire trop parfois. Mais dès qu'ils se sentent inutiles, ils mettent des tartes à tout le monde. À moi par exemple, quand j'ai baissé la jupe de Choumicha, la petite sœur de Tarik, en primaire.

Cette année, il n'était pas parti au bled en famille. Son père était malade. Ça n'arrangeait pas mes plans avec Serena qui bavait sur lui comme moi devant Prisci. Je lui ai fait remarquer qu'il avait sept ans de plus que nous et que, sans sa jambe, il n'aurait jamais eu pitié d'elle. Que ses mots gentils, ça s'appelle de la compassion, pas de la passion et que même si elle avait été normale, il l'aurait tout au plus sifflée un jour de vache maigre, par ennui… Elle m'a giflé. C'est plus fort que moi, quand je me trouve moche, je deviens méchant et je dis la vérité.

Depuis ce jour, chaque fois que je passe devant elle, elle me charrie avec ses copines. Ma taille, mes vêtements, ma coupe, tout y passe. Je ne suis pas un garçon populaire, on va dire. C'est mieux ainsi. Au moins, je ne relâcherai pas mes efforts pour me distinguer des autres et trouver le petit plus qui fera ma différence. Pour être remarqué. Par la seule, l'unique, Priscilla, ma souveraine.

Je suis allé à la bibliothèque et j'ai lu Montaigne. J'ai trouvé des excuses à mon corps chétif. Il pouvait au moins être beau en mots : *Quand j'imagine l'homme tout nu, ses tares, sa sujétion naturelle et ses imperfections, je trouve que nous avons eu plus de raison que nul autre animal de nous couvrir. Nous avons été excusables d'emprunter ceux que nature avait favorisés en cela plus qu'à nous, pour nous parer de leur beauté et nous cacher sous leur dépouille, laine, plume, poil, soie.*

Priscilla raffole de ces mots que j'emprunte aux livres, donc j'oriente toujours nos conversations pour qu'elles aillent dans le sens de ce que j'ai bouquiné au préalable. J'espérais juste, en sortant de la bibliothèque, qu'elle ne me demanderait pas ce que signifie *sujétion*. J'avais oublié de regarder dans le dictionnaire. N'empêche, ils peuvent y aller les beaux, jamais ils ne citeront du Montaigne à Priscilla. Ils feront les beaux, maximum, et n'épateront qu'eux-mêmes finalement. Alors que moi, je suis sûr qu'un jour je lui plairai avec Montaigne comme seule parure. Ma petite queue ne sera plus un problème alors. Enfin, presque plus.

— Polo you come or you not come ?
Mon père s'était mis à l'anglais. Une prime.
— I come.
De temps en temps on faisait une pause, on échangeait un peu :
— Qu'est-ce t'as ?
— Rien.
— T'es sûr ?
— Ouais.
Et on recommençait, de gauche à droite, de long en large, de haut en bas et de bas en haut. Je n'époussetais plus. Je faisais le ménage. Plus rien ne pouvait me réconcilier avec ma vie. L'été, c'est le plus dur. Peut-être parce que les journées sont plus longues. Ou parce que le reste de l'année, tout le monde galère. Là, il me semblait que j'étais le seul. Même la télé nous négligeait, elle ne passait que des rediffusions. Apprendre des mots ne me suffisait plus. Je voulais bien être un blaireau mais un blaireau qui part en vacances.

— Mais qu'est-ce t'as putain ?
— Mais rien papa !
— Ben si t'as quelque chose !
— Nan.
— Alors arrête de faire la gueule !
— J'fais pas la gueule.
— Si tu fais la gueule !
— J'sais quand même si j'fais la gueule.
— Moi aussi j'sais si tu fais la gueule.
— J'sais quand même mieux que toi, c'est moi qui fais la gueule.
— Ah ben tu vois tu fais la gueule !
— Mais nan mais j'veux dire si jamais j'faisais la gueule j'le saurais parce que ce s'rait moi qui la fais.
— Donc tu la fais !
— Mais non j'te dis, j't'explique juste !
— J'suis pas sûr hein…
— Ah ben si…
— Pour moi, tu la fais.
— Sauf que si j'la faisais, j'saurais.
— C'est que tu t'vois pas.
— J'fais pas la gueule.
— Si.
— Nan.

Mon père avait raison, de toute évidence je faisais la gueule. Et d'ailleurs pourquoi je ne lui dirais pas que je fais la gueule ? À lui précisément. Pourquoi je ne lui dirais pas que je lui en veux d'être un pauvre type qui me fait bosser avec lui au lieu de m'emmener au bord de la mer ? Ou même à la montagne. Changer de département, lire un panneau qui te souhaite la bienvenue, ou qui t'indique un château à visiter, faire de la route bon sang, changer d'air. Cet air étouffant dont je connais les moindres particules, cet air accablant qui me rend méchant.
— Ouais j'fais la gueule.
— Ah ben tu vois…
— Tu ferais pas la gueule à ma place ?
— Ben…
— Tu ferais pas la gueule à ta place ?
— Ben…
— À ta place, j'ferais la gueule et à ma place, je la ferais aussi.
— Et euh pourquoi ?
— T'as pas une petite idée ?
— Polo arrête de jouer au con, qu'est-ce t'as ?
Ça me démangeait de lui cracher mon diagnostic à la figure : existence superflue, présence

vaine. Passez. J'avais besoin de le charger comme une Peugeot d'immigrés qui descend vers le sud, j'avais envie qu'il pleure d'avoir échoué et qu'il me demande pardon. Pardon d'être là alors qu'on aurait dû être ailleurs. En vacances bordel de merde, être des badauds à la recherche d'une pizzeria avec terrasse pour profiter des derniers rayons de soleil et se taper le cul de rire par terre tellement il imite bien les Italiens mon père quand il commande une *marguerrrittaaa per favore*...

— En fait euh j'ai un...
— Ben parle bon sang!
— J'ai un petit...
— Quoi?
— J'ai un petit zizi.
— Hein?
— Mon sexe, il est tout petit et ça me fait flipper.
— Qu'est-ce tu m'racontes là?
— C'est pour ça que j'fais la gueule...
— Mais t'es sûr?
— Oui papa j'le vois tous les jours et il est petit.
— Montre-moi ça mon fils.

Mon fils. Mon père. Mon fils. Mon père. Mon fils. Mon père. Ça résonnait et ça me tuait. Mon père c'était donc celui que j'avais appelé le pauvre type. Et le pauvre type m'appelait son fils. J'étais le fils d'un pauvre type. Un pauvre type un peu aussi donc. Je l'avais épargné lui mais pas ma bite. J'ai dû la lui montrer. Il s'est exclamé :
— Ben qu'est-ce elle a ta queue mon Polo ?
— Ben elle est minuscule…
— Mais ça va pas, pourquoi qu'tu dis ça ? Elle est au repos c'est tout…
— Arrête t'es pas obligé de faire le sympa…
— J'fais pas l'sympa, crois-moi t'aurais une p'tite queue, j'te donnerais un peu d'mes fesses pour faire une greffe, mais là elle est très bien ta queue.
— Ouais c'est ça…
— Mais arrête j'te dis, elle est bien, bonne taille, bonne forme, bien quoi…
— J'sais pas…
— Et d'abord comment qu'tu sais qu'elle est petite ?
— Ben j'vois bien hein…
— Tu vois quoi ? Tes copains ?

— Hé mais non, ça va pas ou quoi!
— Ben alors où c'est qu't'as vu qu't'en as une petite?
— Ben j'vois bien les films, les trucs là sur internet.
— Mais qu'est-ce tu racontes mon con, faut pas que tu compares ta queue à qu'est-ce que tu vois sur internet. Y carburent aux ogm ou j'sais pas quoi ces cons-là des films. J'veux pas que tu te pourrisses la tête avec ça hein! Ta queue elle est très bien mon fils.

Ta queue elle est très bien mon fils. Ma queue était très bien mon père. Rien à ajouter. On n'était peut-être pas des badauds en short mais mon père venait de sacrément me soulager. Comme un père doit le faire avec son fils. Toujours. Tout le temps. Au lieu d'une mappemonde qu'on fait tourner en pointant un pays au hasard, je parcourais les pages des *Illusions perdues* et mon mot de la semaine, c'était *outrecuidance*. Je pouvais à présent affirmer avec outrecuidance que j'étais un sale petit con injuste.

15 août et une folle envie d'aimer mon père. Des nuages. J'avais raison pour Auguste. Une folle envie de l'aimer et pourtant encore un faux pas. Il m'emmenait dans un parc d'attraction avec le boulot. Un supplice pour moi qui déteste les parcs d'attraction. Enfin surtout ceux qui les fréquentent. De la marmaille déchaînée, des parents débordés, du ketchup sur les tee-shirts, des gosses en laisse, des morpions qui supplient, des mères qui les pincent en douce pour les faire taire et des pères qui dépensent leur livret A. Des poux qui sautillent d'un manège à l'autre, jamais rassasiés, toujours en manque. Du sale gosse transpirant, tatoué pour de faux parce que c'est amusant, des parents qui culpabilisent de s'être reproduits quand ils voient le résultat, des Astérix pas très gaulois et des Obélix trop foncés.

Je voulais partir mais pas là. Loin. Sans appareil photo. Tout graver dans ma petite tête. La Namibie. J'avais vu un reportage dessus. La Namibie, ça c'était tentant. Être un badaud en Namibie, ça avait de l'allure. Je me serais gavé de sable et j'en aurais fait des galettes. J'aurais mangé avec les yeux, voilà ce que je voulais faire. Sinon, plutôt rester à la maison et regarder Servietsky à la télé. Mais mon père se réjouissait de me voir me réjouir. Je n'avais pas le choix. Je me réjouissais. Heureusement, je ne me voyais pas. La moitié de la journée, nous avons fait la queue. Collé-serré avec des inconnus décérébrés qui, en patientant, refaisaient le monde. Leur monde. Pas le mien. Jamais. Mon père m'a posé une question. La question à un million. Celle que tout le monde a posée au moins une fois dans sa vie :

— Là, si tu pouvais, là, tout de suite, là, t'irais où ?

Là, tout de suite, là, j'aurais aimé sortir de cette queue et courir autant que mes semelles me l'accorderaient. Sans être un athlète, je savais que j'irais loin. C'était indispensable que je sorte de là. Là, hein ! Je me noyais dans mon oxygène comme une mouche prisonnière d'un verre d'eau. De l'eau justement. Elle coulait sur mes joues, mon nez, elle entrait dans ma bouche, descendait sur mon menton, dans mon cou, je me noyais vraiment ou quoi ? Des petites claques sur les joues. Ça y est, je me

souvenais, on inspire avec le nez et on expire avec la bouche. J'ai écarquillé les yeux. J'ai vu mon père affolé au-dessus de moi.
— Polo ! Polo ! Ça va ?
Je me suis relevé. Derrière lui, des gens. Quelle horreur. Ils avaient essayé de me tuer. Je n'aime pas les gens. Les gens des queues qui avancent tous dans le même sens et qui disent ton cul au lieu de merci. Parce que thank you, en anglais, ça veut dire merci et donc c'est drôle.
— Ça va, papa. On peut partir ?
Mon père a rassuré les queutards et nous sommes immédiatement partis. Une bénédiction. Je les avais assez vus. RER, bus, marche à pied, maison. Une maison que je n'ai jamais autant aimée. Une mère soucieuse, un père à mes soins, une sœur perdue. Dans les étages. J'allais mieux mais je faisais durer. Selon ma mère, je manquais de sucre. Non, de fer ! Il faut manger plus de légumes. Dans les épinards, il y a du fer. Lundi j'achète des épinards. Merci papa. Et maman. Mon père n'aurait jamais soupçonné ce qui avait déclenché mon malaise. Le fer, c'était parfait pour un malaise. Faire la queue avec des gens, il n'aurait pas compris.

Moi-même j'étais sceptique. M'évanouir parce que des gens troublaient mon champ de vision, ça faisait un peu Marie-Antoinette tout de même. Là, tout de suite, si j'avais pu partir je serais allé en Afrique. Non, en Amérique. Sud et Nord et même centrale. Ou alors en Asie, c'est bien ça, l'Asie, c'est lointain. Au soleil. Je prendrais l'avion et une hôtesse de l'air se pencherait cochonnement pour attraper mon plateau-repas. Un fantasme. Pas tant l'hôtesse. Le plateau plutôt. Avec tout en minuscule bien disposé sur la tablette du 26 C. Je rêvais de manger dans un avion et de m'endormir assis. De garder ma ceinture bien attachée au cas où on traverserait une tempête. Oh oui une tempête et un petit verre d'eau s'il vous plaît madame. Au moment où elle lèverait le bras pour éteindre le signal d'appel au-dessus de ma tête, son frêle petit sein sortirait du balconnet et son téton me souhaiterait bonne nuit. Bonne nuit Paul.

— Un jour, un épicier rangeait ses fruits et ses légumes d'vant sa boutique. Y'avait c'jour-là de gros oignons et d'belles pommes à vendre. Il avait

mis les oignons d'vant et les belles pommes derrière. Un fou est passé par là et il a volé une pomme. Y lui a couru après, il a récupéré la pomme et il a commencé à l'taper. Les gens qu'étaient là ils ont eu pitié, ils ont dit à l'épicier « c'est qu'un pauv'fou ». Alors l'épicier il a dit : « S'il est si fou pourquoi qu'il a volé une pomme et pas un oignon ? Les oignons ils étaient d'vant ! » Allez bonne nuit mon Polo !
— Bon travail papa.

La rentrée des classes ne m'excitait pas, moi. Pour rentrer, il faut être parti. J'appelle ça la reprise des classes. Je reprenais donc, de bon matin. Troisième C. Professeur principal Mlle Prudent. Un immonde cachalot échoué dans mon collège qui enseignait la physique et la chimie. Elle s'efforçait de prononcer tous les noms de famille étrangers sans écorcher la moindre syllabe. Par respect disait-elle. Moi je suis sûr que c'était pour masquer son profond dégoût des Noirs, des Arabes et des Roms de ma classe. Et pour éviter un deuxième avertissement, après la baffe qu'elle avait mise à Kastriot l'an dernier.

Toutes les filles populaires étaient réunies dans le fond. Elles s'appellent Maéva, Éléa ou Alizée. Que des prénoms tropicaux pour des filles en manque d'exotisme. Elles finiront mal. Je n'y peux rien, c'est leurs noms qui font ça… Maéva, c'est la pire de toutes, son père est banquier au Crédit agricole. Disons qu'il n'est pas derrière un guichet : il a son propre bureau. Minuscule mais indépendant. Alors elle se la joue à mort et marche toujours devant ses copines. Tamimount, c'est autre chose. Déjà, elle est arrivée en retard, et elle a tracé jusqu'au radiateur sans dire un mot. Elle a les cheveux orange et ne comprend rien en cours. Elle parle d'ailleurs très mal le français. Elle met des *que* partout dans ses phrases. Le plus drôle c'est qu'elle ne se déplace jamais sans son BabyLiss. Elle le branche au fond de la classe et se fait la frange. Parce que l'humidité ça fait friser ses cheveux et elle ne supporte pas les cheveux frisés, Tamimount. Les mèches rebelles, les pics, les boucles crépues, ça l'obsède, elle veut tout assainir en elle. Ou du moins essayer.
Elle voudrait aussi tout assainir autour d'elle. Pour un regard « inapproprié », elle peut te

démonter ta face. Filles et garçons confondus. Tamimount n'est pas une rigolote, elle rote à haute voix et dit « *hamdoulilah* » en plein cours. Si tu te marres, t'es mort. En gros, si tu dis quelque chose, elle te fait quelque chose. Tamimount si c'était un pays, ce serait les États-Unis : elle se défend toujours en t'offensant en premier, elle te met un coup de tête en prévention et ensuite, l'air de rien, elle relisse sa frange qui cache une cicatrice sur le front parce qu'elle se fait bastonner par son père. En prévention aussi. Pour qu'elle ne devienne pas une pute, comme toutes ces petites Françaises « du l'icole ». Alors, en prévention encore, elle bastonne « çui-là qui la r'gardait trop chelou ». Mlle Prudent a tiré au sort et j'ai dû faire mon premier TD avec elle. Elle ne m'a jamais adressé la parole, sauf pour m'épeler son nom de famille que je devais mettre en premier et en haut sur la copie double.
— Hihi.
J'ai souri.
— Qu'est-ce t'as pas imprimé là ?
— Non rien mais euh ton nom de famille c'est... c'est quoi ?

— Hihi.
— Hihi ?
— Nan ! Hihi. T'as pas entendu ?
— Mais…
— H.i.h.i.
— T'es pas sérieuse ?
— Et mon BabyLiss dans ta gueule, ça s'rait sérieux ?
— Non mais Hihi ça peut pas être ton nom, tu te fous de moi ?

À l'infirmerie, on m'a confirmé que c'était Hihi. Bosse et brûlure sur le front : le BabyLiss était encore chaud. Tamimount Hihi vient d'une grande tribu algérienne du Sud d'Oran. Il y a aussi les Haha. Ce n'est pas une blague. Le cousin qu'elle devra épouser un jour est un Haha. Dommage que dans son pays, on ne garde que le nom du mari. Sinon, quelle poilade ! Tamimount n'a pas de chance dans la vie. On a eu 9 au premier devoir. Elle m'a craché dessus. Vraiment pas de chance. Le cours suivant, la biologie, elle n'était pas là. L'éducation sexuelle, elle trouve ça honteux. Elle pense que « tout qu'est-ce

qui a rapport avec la techa, ça doit rester dans l'privé ».
La prof m'a choisi un autre compagnon de travail. Cosmin. J'étais maudit. Autant Tamimount pue le henné, autant Cosmin pue la merde. Toujours. Tout le temps. Après quelques heures, l'odeur devient insoutenable. À la fin du cours j'ai craqué :
— Putain mec, tu chlingues !
Il m'a accusé d'avoir dit « un ketru cistra sur l'odeur des Roms ». Moi, je n'avais fait que lui dire qu'il puait. Lui. Pas tous les Roms. Cosmin ne se lave pas souvent. Et il fait beaucoup de sport. Et il pisse encore au lit sans se changer le matin. Donc, il pue. En cours de mathématiques, on appellerait ça une équation à zéro inconnue. Mais dans ma bouche de Blanc, ça s'appelle du racisme.
Il a fait le coq et s'est plaint à la prof, Mme Meyer, qui elle aussi camouflait sa répugnance envers lui par un excès de considération. Elle nous a immédiatement envoyés chez la principale et s'est empressée d'aérer la classe. La principale m'a sermonné. J'essayais de m'expliquer, mais rien n'y faisait, j'avais dépassé l'acceptable.

L'intolérable pour un Rom, c'est de dire qu'il pue. Tout le reste, on s'en fout pas mal.
J'ai demandé à la principale de me regarder et de me dire droit dans les yeux que Cosmin ne puait pas.
— Madame, franchement il pue ou pas ?
— Oh t'es con ou quoi là ? a crié Cosmin.
— Madame !
— Ça suffit Paul, excuse-toi immédiatement !
— Mais il pue, c'est vrai !
J'ai pris deux heures de colle.
Quand on est sortis du bureau, Cosmin m'a dit :
— Mec tu veux vraiment une raclée j'crois, hein ?
— Non Cosmin, j'voulais juste qu'elle dise la vérité. Elle fait semblant de prendre ta défense, mais c'est elle la raciste. Tu pues mec, renifle-toi ! J'y peux rien c'est comme ça, tu chlingues à mort ! Mais comme t'es rien qu'un Rom pour elle et comme elle a peur du rat qui sommeille en toi, elle te dit que c'est moi le cistra alors que moi je te rends service et j'te dis va t'laver mecton !
Il m'a mis un coup de boule et je me suis réveillé à l'infirmerie. J'ai dû signer un papier pour qu'on me laisse partir.

Cosmin était assis sur le muret à côté du portail. Il m'attendait apparemment.
— Ça va mecton ?
— Ouais.
— J'suis pas débile hein, j'sais que j'pue. Et j'sais que c'est rien que des p'tits tapins la prof et la principale…
— Alors pourquoi c'est moi qu't'as marave ?
— Vas-y, j'peux pas mettre un coup de boule à une prof ! Si j'fais ça, j'en mets à tous les profs, j'suis mort…
C'était léger comme réponse mais je devais m'en satisfaire. J'ai posé une dernière question :
— Pourquoi tu t'laves pas Cosmin ?
— Eh ben parce qu'y'a pas d'eau au terrain…
C'était léger comme réponse mais je devais m'en satisfaire.
— Salut.
— Salut.

Au kebab d'en face, on faisait la queue. J'avais mal à la tête. Quelqu'un m'a appelé. C'était Priscilla, avec une copine. Mon cœur s'est mis à battre et mon corps à frétiller. Je ne pensais pas la voir si tôt, je n'avais préparé aucun mensonge. À moi d'improviser et d'être à la hauteur. Heureusement, j'avais une casquette : elle ne verrait pas mon front.
— Salut Paul !
— Salut. Mais qu'est-ce que tu fais là ?
— On sort du solfège et on avait faim.
— C'est pas ici ton solfège !
— Bon ok, Enya aime bien un garçon dans ton collège et on est venues le voir…
Sa copine m'a fait un vague signe de la tête, qu'elle a discrètement prolongé pour me passer au rayon laser. J'étais habillé en neuf pour la rentrée. Ringard, quoi. Mais être l'ami de Priscilla me dédouane automatiquement. En sa compagnie, je marque des points. Pourvu que l'autre ne demande pas comment on s'est rencontrés.

— Vous vous êtes rencontrés comment tous les deux ?
Ben voyons. Quand on a de la chance, c'est pour la vie.
— Oh là là, c'est une longue histoire… de… de fromage, notre rencontre…
— Oui enfin dit comme ça Priscilla, c'est pas très alléchant… j'ai protesté.
— Fromage ? Comment ça ? T'es fromager toi ?
— Non mais euh…
— Disons que c'est notre petit secret et qu'il a une odeur de fromage…
Priscilla a le chic pour alléger les petits détails capiteux de la vie. La tragédie des Babybel se transformait, grâce à une moue, en petit flirt d'adolescence et ça lui en bouchait un coin à sa pétasse de copine.
Le garçon est sorti. Un Antillais. Aux yeux verts. La caricature du beau gosse dans les clips de zouk. Celui dont les Blanches raffolent pour un soir mais désertent pour la vie, parce qu'ils empruntent et ne rendent jamais. Elle a commencé à piailler et à étouffer des petits sons grinçants et aigus. Il est passé à côté de nous et l'a regardée. Elle a fait comme à la télé,

a creusé son regard candide, entrouvert sa chaste bouche et s'est giflée avec ses cheveux, de gauche à droite et de droite à gauche, en l'espace de trois secondes. À 14 ans, Pamela, Dita et les autres n'avaient plus rien à lui apprendre. Ça a plu à Guy Georges. Il s'est retourné. Alors elle s'est retournée aussi. Vers Priscilla.
— Environ quatre mètres genre et on entendait les percussions ! elle a dit.
— Hein ?
— Mais non j'disais n'importe quoi, qu'il croie pas qu'on parlait de lui.
— Ah...
— Alors, il m'a regardée Prisci ?
— Trop ! Il se retourne encore là...
Elle lui a jeté un œil et ils se sont souri. Il est revenu sur ses pas, lui a demandé son prénom. Ils se sont fait la bise et sont allés parler. Un plan sans accroc. Du velours, même pas côtelé. De la purée sans grumeaux. C'est la vie des beaux. Jamais ça ne m'arriverait. Il ne me manquait plus qu'une colique néphrétique et je me faisais sauter le caisson.
Priscilla s'amusait de l'audace de sa copine. Je faisais semblant d'en rire mais ça me fichait le

cafard. Je pouvais me vanter d'un amour exemplaire puisqu'il ne faiblissait pas malgré un sens unique évident mais c'était tout. Pourvu qu'on n'aborde pas mes amours.

— Et toi Paul, t'as flirté pendant tes vacances en Sicile ?

Colique néphrétique et angine ulcéro-nécrotique. Il fallait immédiatement que j'aille jouer au loto. Une veine pareille, ça ne s'invente pas.

— Non pas vraiment…

— T'étais où exactement ?

— À… à côté d'un petit village, dans un village encore plus petit.

— Mais lequel ?

— Isla de… Prosciutto, c'est un tout petit village, hyper sauvage…

— Ah ouais…

— Oui ça se trouve même pas sur une carte…

— Mais y'a la plage ?

— Bien sûr…

— Et les filles n'étaient pas jolies en Sicile ?

— Si elles sont jolies mais bof…

— Tu faisais quoi alors de tes journées ?

— Ben la plage, des randonnées. Je lisais aussi pas mal…

— Ah ouais t'as lu quoi?
— *Ruy Blas*, j'ai vachement aimé.
— Oh c'est dingue, je l'ai lu aussi pour l'école cet été.

Le 6, le 34, le 1, le 12, le 14, le 49 et en numéro complémentaire le 13. Vite, un autre jeu de hasard, lancé comme je l'étais, je serais milliardaire avant la tombée de la nuit. Je n'avais pas lu *Ruy Blas*, seulement vu *La Folie des grandeurs* à la télé. Heureusement, Priscilla s'est lancée la première :

— Moi ça me fascine ces hommes soi-disant mal nés qui parviennent quand même à s'imposer, grâce à leur verve, leur courage et leur singularité. Les femmes aussi y sont sensibles et tombent souvent amoureuses de ces héros, qui par leur seule force morale permettent d'inverser leurs destins. Des destins qui étaient tracés selon un ordre établi injuste et discréditant…

— Oui mais dans *Cyrano*, au début Roxane ne le voit pas.

— Mais dans *Ruy Blas* le physique n'a pas d'importance. Enfin oui le physique est important dans la vie mais là il est plus question de domination sociale, d'humiliation des plus faibles et surtout de savoir si un valet a le droit d'aimer une reine.

— Un valet a le droit d'aimer une reine. Une reine a le droit d'aimer un valet. Vont-ils le faire pour autant aux yeux de tous ?

— Oui… je crois… encore plus aujourd'hui…

— Tu en vois beaucoup des valets avec des reines ?

— Ben… si, regarde la princesse du Danemark, elle va épouser son prof de gym.
J'ai rigolé :

— Oui parce qu'il est super beau et qu'elle est moche.

— Et la princesse de Monaco a bien épousé son garde du corps, un ancien poissonnier.

— Mais où sont sa verve, son courage et sa singularité à ce mec ?

— Peu importe mais ils l'ont fait malgré la pression sociale.

— Encore une fois parce qu'il était plus beau qu'elle.

— T'es dur…

— Le roi Édouard d'Angleterre, ça oui !

— Quoi ?

— Dans les années 30, le roi Édouard VIII a renoncé au trône pour épouser une roturière américaine et il est parti en exil au lieu d'être roi et donc d'avoir plein de pouvoir.
— Ah ouais… C'est beau… Lequel des deux était moche cette fois ?
— Ben probablement l'Anglais parce qu'ils sont moches les Anglais et qu'il n'aurait pas renoncé à tout ça pour un thon. En plus on la traitait d'« intrigante » cette femme à l'époque.
— Je trouve que c'est une belle histoire quand même.
— Elle s'appelait Wallis Simpson, elle avait divorcé déjà deux fois et je peux te dire que dans les années 30, une « intrigante », ça voulait dire pute en poli dans l'aristocratie anglaise. Il a laissé son frère devenir roi et a vécu à Paris avec elle jusqu'à sa mort…
Priscilla m'écoutait avec ses oreilles à défaut de ses yeux. Elle aime quand je lui apprends des choses. J'ai ajouté très sommairement que ce valeureux Édouard avait plus tard fricoté avec les nazis mais je ne me suis pas étendu, tellement c'était banal à l'époque, tellement ils ont tous fait ça…

— J'adore ces histoires… a murmuré Priscilla.
— Donc oui, une reine peut aimer un valet, pourvu qu'il soit beau. Oui, une bonne peut aimer un roi pourvu qu'elle soit belle. Oui, un roi peut aimer un valet, pourvu qu'ils soient pédés.

Elle a éclaté de rire tandis que vers Basse-Terre on se roulait des pelles. En douce j'ai remercié la Providence et un peu mon père de m'avoir traîné l'autre soir dans ce cabinet dentaire de l'avenue Montaigne, où j'avais feuilleté un magazine sur le gotha. Merci papa. Merci Édouard.

J'ai croisé le père de Marwan dans les escaliers. Il s'est inquiété pour mon front amoché et m'a invité à rompre le jeûne chez eux. Ça m'a enchanté. Ça sent toujours la bouffe chez Marwan, ils n'aèrent pas beaucoup et la cocotte-minute siffle toujours à plein tube. Les Arabes ne sont pas les rois de la déco c'est certain, mais chez Marwan c'est feng shui. Totalement malgré eux, leur appartement est apaisant. Les plantes, les fleurs et les fruits sont en plastique mais il y a plus de vie chez eux que dans tout le Jardin d'Acclimatation.

Un brouhaha incessant, la chaîne arabe en fond sonore et le père qui appelait un à un ses sept enfants pour rompre le jeûne à l'heure exacte du coucher du soleil. J'avais déposé mes chaussures à l'entrée du salon et j'étais assis à côté du grand frère de Marwan, Salim, médiateur à la mairie. Ils sont tous musulmans et aucun ne triche pendant la journée. Même avaler un peu de dentifrice en se brossant les dents le matin, ils ne le font pas. On a commencé avec une datte et du lait caillé.
— Tu vois Poul, on doit manger une datte la prumière parce que le prophète Mohamed, salaliwasalam[1], le fusait toujours pendant le ramadan.
— D'accord…
Je savais vaguement que ce Mohamed Salaliwasalam était un genre de leader musulman adoré par tous. J'aime l'idée qu'on vénère autant quelqu'un qu'on n'a pas connu : en même temps, au moins, on n'est pas déçu. Tout ce folklore me plaisait beaucoup. Mes voisins vivaient dans l'obéissance à une loi

1. « Que la paix soit sur lui. »

divine plus grande qu'eux, ils s'y soumettaient sans rechigner. Moi aussi je voulais être soumis. Je trouvais ça extraordinaire de s'incliner autant. Quand je repensais à nos dîners à la maison, j'avais la nausée. Ou alors c'était à cause du lait caillé. Peu importe, ce soir-là je devais scrupuleusement suivre Mohamed Salaliwasalam, boire du lait caillé et dire « *hamdoulilah* ».
Les plats se croisaient, la mère en rajoutait toujours dans nos assiettes. Elle, elle ne mangeait presque rien. C'est sûr que quand on a passé la journée dans la cuisine, on n'a plus faim. On trempait des œufs durs dans du cumin et dans du sel, on buvait de la harira dans de la vaisselle chinoise, on croquait dans des chbakias dégoulinants de miel. Tout ça avec nos doigts, qu'on suçait goulûment à chaque petit rot. Chez Marwan, on ne doit pas s'excuser après un rot. Le rot dit à la maman qu'on a apprécié sa bouffe et qu'on est plein. On lui doit bien ça, à la maman.
Pendant tout le repas le père, branché sur la chaîne coranique, n'a pas lâché les images de La Mecque et de la boîte noire.

— Tu vois, Poul, dans la Kaaba il y a une pierre que le prophète Mohamed, salaliwasalam, a touchée et les musulmans doivent tourner autour en priant...
Il y avait aussi des fidèles qui jetaient des cailloux dans un trou.
— Et là tu vois Poul, il faut jeter sept pierres dans ce trou pour aniantir le diable...
Je trouvais très aimable de sa part de me commenter les images. J'avais une folle envie de devenir musulman et d'aller à La Mecque. À un moment, un des fidèles a raté le trou du diable et a ouvert l'arcade sourcilière d'un autre fidèle. C'est parti en cacahuètes. Le diable était bel et bien vivant. Marwan et ses frères étaient morts de rire. Le père gueulait et ça gloussait de plus belle.
Moi, en bon musulman, je ne riais pas. Enfin, en futur bon musulman car je n'étais pas circoncis. Mon islamisation passait par un rétrécissement conséquent de mon sexe. C'était non négociable. De précieux millimètres contre ma nouvelle foi. Je n'avais pas peur. L'ardeur du novice que j'étais exaltait ma croyance dans l'au-delà. Dieu le tout-puissant saurait se souvenir de

mon geste, il marque tout sur un tableau et récompense les fidèles charitables.

Il y avait quelques autres règles à observer, dont je ne m'inquiétais pas trop : le porc, l'alcool, les films pornos… Quoique, les films pornos, ça devait pouvoir être pardonné puisqu'on n'avait pas le droit de faire l'amour à une fille avant le mariage. Et puis, à l'époque de Monsieur Salaliwasalam, les films n'existaient pas, alors il n'avait pas pu les interdire explicitement.

Une énergie singulière s'emparait de moi. J'aimais ma nouvelle communauté, elle m'élevait et m'enveloppait chaleureusement. J'appartenais à un ensemble avec un grand mur autour. Je ne craignais plus de tomber ni de m'égarer, j'étais musulman et ça valait toutes les Priscilla du monde. D'ailleurs elle n'aurait jamais accepté de se voiler, Priscilla. Tant pis, je la laissais partir. Souad, la petite sœur de Marwan, c'est sûr qu'elle accepterait, elle.

— Souad, tu vas porter le foulard un jour ?

— T'es débile ou quoi Paul, même pas en rêve que j'le porte le foulard !

J'étais saisi. Souad était une impie. J'ai attendu que ses frères répliquent.

— Le jour où tu mets le foulard, j'te démonte ta face…

Et Salim a pris sa petite sœur dans ses bras en la décoiffant pour l'embêter. Je me retrouvais bien seul à cette table. L'alchimie que j'avais éprouvée quelques minutes avant avait disparu. L'une jouait à la Tétris, l'autre feuilletait un magazine de bodybuilding, le père s'est assoupi et Souad a mis des clips. Des clips de connes qui recherchent l'amour désespérément. Mais qui ont des gros culs. Alors elles se font tromper. Toujours. Tout le temps.

Mon père a sonné à la porte. La mère de Marwan l'a forcé à s'asseoir cinq minutes, « juste tu boire le café et tu manges un peu ». Il a salué tout le monde et m'a dit :

— Ah ben t'es bien là, hein…

Oui j'étais bien. Un peu déçu de ne plus être musulman mais bien. Mieux qu'en bas. Il y avait de la vie chez Marwan, des querelles entre frères et sœurs, des réprimandes des parents, des savates qui valsaient dans l'air, des fous rires pendant les repas, de la viande de chez le boucher et des dattes du bled. De leur bled. Celui où ils retournent tous les étés

pour aller baiser le front d'une grand-mère mi-guérisseuse mi-sainte. Oui j'étais bien et non je ne voulais pas aller faire le ménage. Même si mon père faisait une blaguounette. Ce soir ce serait non.
Discrètement, il m'a demandé :
— Polo, tu viens ce soir ?
Il n'a pas fait de blague, ni de fautes. Rien pour se dérober. La question simple et embarrassante d'un père fatigué à son fils moins fatigué.
— Oui papa.

Sur le trottoir d'en face, mon père et moi attendions. Dans dix minutes, il serait 2 heures du matin et on pourrait commencer à faire le ménage au Baroque. Il fallait compter avec les traînards. Ceux qui continuent de danser sur la piste sans musique avec des halogènes dans la figure. Mon père est entré le premier et j'ai attendu son signal afin que le gérant ne me voie pas. Il m'avait dit :
— Si y'a une bagarre, tu t'éloignes hein. Dans dixe minutes, tu viendé…
Il ne pouvait pas s'en empêcher. Me dire clairement qu'il m'attendrait dans dix minutes pour

faire le ménage, c'était au-dessus de ses forces. Alors, à *dixe* et à *viendé*, j'avais souri. Et ça avait semblé le soulager.
Sur le trottoir, je me délectais du spectacle que m'offrait la jeunesse dorée parisienne. Ils passaient un temps fou à se dire au revoir, à terminer d'emballer les plus faciles ou les plus ivres, à décider qui raccompagnerait qui. Dans une ultime tentative pour en lever une, des jeunes garçons de bonne famille faisaient les marioles devant des jeunes filles de bonne famille aussi, qui tentaient de préserver un semblant de bonne réputation en les repoussant. Mais en fait elles fonctionnent un peu comme des putes, même si elles ne tapinent pas, afin d'entretenir leur réseau et d'être toujours à la bonne table. Avec les bonnes personnes.
À l'écart, une jeune fille vomissait. Elle portait des bottines noires mais avec le bout ouvert. Totalement illogiques comme chaussures. Pourquoi laisser les orteils découverts si ce sont des bottines fermées à mi-mollet ? Quel est l'intérêt de porter des bottes et de laisser les doigts de pied à l'air comme dans des sandales ? En tout cas, il y avait cette jeune fille.

Ivre. Qui dégueulait sur ses vilains orteils. On aurait dit qu'ils faisaient une manif. Elle n'arrêtait pas de répéter entre deux jets « ça va, ça va ». Aucune chance pour elle d'être ramenée par quelqu'un. C'était la fête, certes, mais fallait pas déconner. L'odeur du vomi dans une voiture de sport, ça imprègne. Personne ne prendrait le risque. Elle rentrerait en taxi comme une tocarde qui pue. Les voituriers faisaient défiler les bolides et les billets de vingt euros passaient du creux d'une main au creux d'une autre main. Souvent plus foncée. Les jeunes s'en allaient en faisant crisser les pneus. Jusqu'au feu rouge, à dix mètres. Complètement nul.
Mais ce qu'il y avait par-dessus tout de l'autre côté du trottoir, c'était elle. Sublime, élancée et racée, elle devait s'appeler Léa. Ou Lisa. Enfin un prénom court, sobre et élégant, sans fioritures ni colorants. Une magnifique jeune femme qui s'appropriait l'espace comme seuls les gens beaux savent le faire. Et peuvent le faire. Elle avait relevé ses cheveux avec une telle nonchalance que je ne comprenais pas qu'ils puissent rester impeccables, avec juste quelques mèches déstructurées de-ci de-là et un stylo Bic pour

tenir le tout. Comment faisait-elle ? Tamimount en aurait rêvé de cette cascade de cheveux qui obéissait au doigt et à l'œil. Assurément, les cheveux lisses mènent la danse dans ce monde. Elle avait aussi un petit air supérieur, l'air de celles qui n'ont pas besoin des garçons puisqu'elles ont leur propre voiture. De celles qui savent qu'on les désire. Toujours. Tout le temps. Et qui s'en moquent.

Certains essayaient d'attirer son attention par des boutades, d'autres feignaient de l'ignorer. Ignorer une belle femme est le plus sûr moyen de la dégommer un jour. Mais elle demeurait imperturbable et attendait sa voiture pendant que les garçons brassaient de l'air. Elle a fait la bise à ses amis, a donné un pourboire au voiturier, est montée dans sa voiture et elle est partie. Sans faire crisser ses pneus. Le feu était vert, elle n'a même pas accéléré. J'ai bandé.

En époussetant ce soir-là, je me suis dit qu'il n'y avait rien de mieux sur terre que d'être une bonne meuf. La vie est tellement plus simple pour les bonnes meufs. Elles sont dispensées de plein de choses. Elles se font mater, convoiter, désirer. Parfois en échange de rien. Parfois elles doivent donner un peu d'elles-mêmes. Elles papillonnent mais on leur pardonne. La bonne meuf est une valeur sûre. Il n'y a rien dont elle ait à se soucier à part entretenir la fermeté de sa cuisse le plus longtemps possible. Juste être canon. Toujours. Tout le temps. Croiser des regards de désir. Sentir qu'on veut sans cesse lui enlever sa culotte. J'aurais trop aimé être une bonne meuf. Et enlever ma culotte moi aussi.

— Where are you from, Paul ?
— I am from le Morbihan but I live in Saint-Thiers-lès-Osméoles.
— And what are your hobbies ?
— My hobbies are swimming, reading and playing football. And the girls.[1]
La classe a rigolé et de méchantes remarques ont fusé. C'était le jeu. Je rigolerais pareil tout à l'heure quand ce serait le tour de Jérôme. Un super beau Black.

---

1. « — D'où viens-tu, Paul ? — Je viens du Morbihan mais je vis à Saint-Thiers-lès-Osméoles. — Et quels sont tes hobbies ? — Mes hobbies sont la natation, la lecture et le football. Et les filles. »

— Who is your favorite football player?
— My favourite football player is Zidane because he is the best.
— Do you think Zidane was right to hit Materazzi?
— Absolutely, I will do the same.
— I *would have done* the same.
— Sorry, I would have done the same but in the face. And twice.[1]

Toute la classe s'accordait là-dessus. Mussolini aurait dû prendre une vraie raclée. On m'a acclamé et on a commencé à partir en sucette. Miss Hanckok s'est fâchée et a promis un contrôle surprise si on ne se calmait pas immédiatement. On s'est calmés. Immédiatement.

— So, Paul, tell me, what is your father's job[2]?

---

1. « — Quel est ton footballeur préféré? — Mon footballeur préféré est Zidane car c'est le meilleur. — Penses-tu que Zidane a eu raison d'agresser Materazzi? — Absolument, je ferai la même chose. — J'*aurais fait* la même chose. — Désolé, j'aurais fait la même chose, mais au visage. Et deux fois. »

2. « — Donc, Paul, dis-moi, quel est le métier de ton père? »

Oh, la poisse. Le défenseur des droits de l'homme sur le terrain avait un père femme de ménage. Comment on dit ça en anglais ? Jérôme n'allait pas me louper. Je ne pouvais même pas feinter, Jason était là.

— My father is responsible for the maintenance of the cleaning in an enterprise.
— What ?
— What, what ?
— Your father is working as a cleaner, correct ?[1]

Correct, sale pute. Déjà qu'en français, c'est moche à dire mais alors en anglais, dans ta sale langue de rosbeefs, c'est encore plus moche. Et toi, ton père il fait quoi ? Touriste permanent en Thaïlande, c'est ça son job ?

— Paul ? Are you okay ?
— Yes madam, it's correct, my father is a cleaner.[2]

---

1. « — Mon père est responsable de la maintenance de la propreté dans une entreprise. — Comment ? — Comment, comment ? — Ton père est agent d'entretien, exact ? »
2. « — Paul ? Tu vas bien ? — Oui madame, c'est exact, mon père est agent d'entretien. »

Pas une vanne valable ne m'est venue quand Jérôme est passé au tableau. Sa vie était plutôt douce. En fait, j'étais en colère. Contre mon père. Mais ce n'était pas sa faute. C'était la mienne. Je n'aurais jamais dû avoir honte. C'est honteux d'avoir honte de son père. Un père qui s'était démené à la mairie pour que je sois dans un collège convenable. Rien à voir avec le collège Jean-Jaurès mais beaucoup mieux que le Léon-Blum, ma zone normalement.
À la récréation, Jérôme m'a chambré mais Marwan m'a défendu. On a baissé les armes et on s'est mis à trois sur Rudy.

— Eh, Rudy, c'est quoi la différence entre une pizza et un feuj ?
— J'sais pas, vas-y !
— Ben une pizza ça frappe pas à la porte.
— Eh, Jérôme, combien de temps une mère noire prend pour descendre sa poubelle ?
— J'sais pas, vas-y !
— Neuf mois.
— Fils de pute.
— Fils de pute.

Le ballon a frôlé Marwan qui a fait une tête à Rudy, reprise de Jérôme, amorti de la poitrine de Paul, but à trente-sept secondes de la fin. On n'avait pas le triomphe modeste, on a chanté la Méditerranéenne jusque dans les vestiaires et ceux qui nous sifflaient, on les dégommait. J'avais oublié ma serviette. Pas grave, je prendrais ma douche à la maison. Je devais me dépêcher car ce soir on sortait avec mon père. Pas le temps d'attendre Stan qui aurait soi-disant dit à Rudy que Marwan de toute façon c'était lui qui avait volé le portable de son petit frère...

Ce mois-ci, mon père avait été un employé modèle. Il avait donc une récompense : une invitation pour deux dans un restaurant de la capitale. Sans l'alcool évidemment. Et il voulait partager son bon point avec moi. On est allés au restaurant et il a payé de sa poche son verre de vin rouge. 4 euros 20. Malgré nos airs détachés, mon père et moi sommes entrés timidement dans ce restaurant de la porte Maillot. Il avait mis un costume, moi une chemise repassée. Sur les sets de table, on pouvait lire les différentes adresses de cette enseigne parisienne. J'étais déçu, nous étions dans une chaîne de restaurants, pas dans un restaurant. Pour mon père, ça ne changeait rien. Pour moi, ça gâchait tout. Je n'aurais même pas dû repasser ma chemise.
— Ben qu'est-ce t'as mon Polo ?
— Rien, ça va papa.
— Qu'est-ce tu vas prendre ?
— J'sais pas trop…

— Tu peux y aller hein, entrée, plat et dessert. Lâche-toi !
— D'accord.
J'ai pris des escargots en entrée, une entrecôte béarnaise en plat et une île flottante pour finir. Mon père a pris une terrine de saumon en entrée, une sole meunière en plat et un fondant au chocolat.
— Tu sais mon Polo, faut pas croire hein, dans tous les restos, même les plus chics, les fondants au chocolat c'est des surgelés hein ! C'est juste l'assiette qui change.
— Ah bon…
J'en avais rien à foutre de ses remarques. Elles manquaient d'épices. Toujours. Tout le temps.
— Il fait pas chaud hein ! il m'a dit en nouant sa serviette autour de son cou.
— Nan.
— En même temps c'est l'hiver.
— Ouais.
— On n'est jamais contents, quand il fait trop chaud, on se plaint et quand il fait froid, on se plaint aussi. J'crois que c'est l'homme qu'est comme ça, pas satisfait.
— Insatisfait on dit.

— Oui. Mais, j'veux dire, quand t'es blond, tu veux être brun et quand t'es brun, tu veux être blond.
— C'est vrai…
— Et c'est pareil pour un tas d'autres choses hein ! L'être humain, il sera jamais content. Il veut toujours le contraire de qu'est-ce qu'il a.
— Sauf quand on est riche et beau, on veut rarement devenir pauvre et moche.
Même si je comprenais ce qu'il voulait dire avec ses mots à lui, j'aimais bien le contredire. Ou dire la même chose avec des mots supérieurs. J'ai ajouté :
— Tu veux dire qu'on a toujours un arrière-goût d'inassouvi dans notre vie, de frustration quoi que l'on fasse.
Il a relevé la tête en acquiesçant, prêt à repartir sur de nouvelles considérations. Mais je n'en pouvais plus de ses remarques débiles. Alors c'est moi qui ai parlé :
— Par exemple, dans ma classe, Tamimount son rêve c'est d'avoir des cheveux lisses et Maéva son rêve c'est d'avoir des cheveux bouclés. Les deux sont malheureuses et se battent pitoya-

blement l'une contre ses boucles, l'autre contre ses cheveux plats.
— Ouais, enfin à un moment elles sont toutes un peu frisées quelque part hein…
C'est exactement ce que je déteste chez l'être humain en général et chez mon père en particulier. Cette obscène habitude de tout rapporter au cul, pour faire la blague quoi… Ça va graduellement : plus c'est graveleux, plus ça glousse vicieusement. C'est culturel, on parle de cul pour un oui ou pour un non, ça va de pair avec l'arriération mentale de ma populace. Mes oncles, cousins et grands-pères font la même chose le dimanche et moi ça me donne la nausée.
C'est à cause de cette débauche morale chronique que je serai radicalement quelqu'un d'autre. L'opposé. Absolument l'opposé. Je ne dois rien laisser au hasard. Il faut que je sois méthodique dans ma démarche, précautionneux dans mes choix, que je fasse tout le contraire de ce qui me vient naturellement. Je voudrais que Kundera ou Borges s'installent dans chacune de mes phrases, aussi naturellement que « putain de bordel de queue » s'installe dans

celles de mon père. Même si je ne comprends rien à Balzac ou Zola et à leurs interminables phrases pour simplement dire qu'il fait jour ou qu'il fait beau, il faut que je les aime.
Ils sont mon salut, ma terre promise à moi. À cause de mes copains et de mes cousins, je devrai les lire en cachette. Parce que lire, vers chez moi, c'est pour les pédés. Mais ce n'est pas grave, au pire j'en serai un. J'aurai une situation au moins. Priscilla ne sera qu'une bonne amie et j'organiserai des petits dîners raffinés, chez moi, sans la télé allumée. D'ailleurs, il n'y aura pas de télévision chez moi.
Mon père continuait de causer et je me demandais pourquoi j'étais si différent, de lui, de ma mère, de ma sœur. Ma sœur, par exemple, on a les mêmes racines, les mêmes parents et pourtant on ne se saque pas, on n'a rien en commun. J'y pensais pendant qu'il continuait :
— C'est peut-être même tous des surgelés hein !
En fait je crois que j'ai plus faim qu'elle, c'est pour ça. Au fond, ma sœur est tout ce qu'on demande à une femme. Jolie. En tout cas suffisamment pour s'en sortir. Le genre de

physique qui plaît aux hommes. Blonde, blanche, sans relief, une beauté impartiale qui ne fâche personne, qui trouvera preneur. Ou devrais-je dire acheteur ? Elle se fera épouser par un homme qui pourra lui payer des vacances à chaque vacance. Peut-être même un petit chalet à la montagne ou un appartement en bord de mer. Et aux noces d'or une montre avec des brillants autour du cadran en nacre.
Forcément, moi je crève la dalle à côté de ma sœur. Et quand en plus je repense à la taille de mon sexe, je me demande s'il ne vaut pas mieux devenir mon père, tout simplement. Non, les mots de la bibliothèque m'arracheront à mon destin de beauf. Même un peu. Il faut que je sois un autre. Pas un zappeur en jogging qui regarde « Turbo ».

En se couchant, mon père m'en a raconté une autre. La meilleure de Mamadou selon lui.
— C'était y'a très longtemps dans un pays lointain, un filou qu'on appelait le Renard argenté. Il arrêtait pas d'voler tout l'monde. Mais un jour y'a un nouveau sultan qu'est arrivé au pouvoir et il a décidé d'arrêter ce

voyou. Il est allé sur la place et il a fait un discours très… un grand discours quoi en promettant qu'il l'attraperait et lui ferait passer l'envie d'voler. Le Renard argenté lui a dit en rigolant que personne arriverait à lui faire passer le goût du vol, jusqu'à sa mort. Le sultan, ça le foutait en rogne, alors il l'a cloué sur une croix. Les passants lui crachaient dessus et sa femme et son fils pleuraient à ses pieds. Mais alors voilà qu'un Bédouin et ses chameaux y sont passés par là et le Bédouin il a engueulé le Renard argenté passqu'y laissait une femme et un orphelin à la rue, avec ses conneries. Le Renard a répondu : « Pas si bête, j'ai caché un trésor dans l'puits là-bas. Si tu veux aider ma femme et mon enfant, descends dans l'puits, prends la moitié et donne-leur le reste ! » Ni une ni deux, le Bédouin il a sauté dans l'puits. La femme a dit à son mari : « Mais tu m'as jamais parlé de ce trésor ! » Et là le Renard argenté il a dit : « Y'a pas d'trésor, prends vite les chameaux et l'chargement d'ce Bédouin et va-t'en. Maintenant le sultan saura que jusqu'à mon dernier souffle, j'ai été un voleur inouï ! »

— Bonne nuit papa.
— Bonne nuit mon Polo.

Ça s'appelle une bar-mitsvah. Une fête qui célèbre l'entrée dans la vie adulte d'un garçon juif. Confuse de s'être trompée dans les horaires, la maîtresse de maison nous a invités à patienter dans la cuisine. Nous avions plus de deux heures d'avance. Mais pour moi, c'était une bénédiction. Je n'avais jamais rien vu de si beau. D'abord, il y avait la maison. Ensuite, il y avait elle. Une ancienne bonne meuf assurément. C'était la mère du garçon qui devenait un homme.
Nous nous sommes assis sur de hauts tabourets et elle nous a proposé des mezzes, un assortiment de mets orientaux et de douceurs à la fleur d'oranger. Elle avait une cuisine américaine comme j'en rêvais, avec des gadgets inutiles et un frigo en acier ultramoderne. Lorsqu'elle l'a ouvert, il y avait de la verdure et plein de couleurs à l'intérieur. Ça sentait les produits frais et rares. Comme elle. J'ai bandé.
Elle orchestrait sa réception de main de maître. Elle étouffait son fils de baisers ébouriffés, valsait au milieu des invités avec une petite

attention particulière pour chacun, tapait dans les mains au son de la musique hébraïque et restait impeccable, le brushing cristallisé.
— Polo, reviens ici ! me disait mon père.
Je ne pouvais pas m'empêcher d'aller voir. Elle s'appelait Sylvie. Je le savais parce que le rabbin avait parlé d'elle dans son speech, comme d'une femme généreuse et dévouée envers sa communauté. Voilà, c'est cela qui me manque à moi, une communauté. J'ai besoin d'harmonie et d'apaisement dans ma vie et la communauté me servirait à ça.
Sylvie m'avait plu tout de suite. C'est le genre de femmes qui portent des négligés et des sauts-de-lit au coucher. Même pas froissés au réveil. Son sex-appeal décuplait lorsqu'elle se passait la main dans les cheveux. Des cheveux caramel avec des nuances de blond. Chèrement nuancés. La mèche retombait toujours en *l* sur ses épaules dorées. Des épaules qui avaient porté quatre enfants mais qui demeuraient terriblement sensuelles. Comme les plis de ses aisselles qui me faisaient penser à un sexe entièrement épilé. Le sien. Dans lequel je viendrais m'enfoncer en maltraitant son téton

et en pompant sa sève. Mon sexe énorme s'imposerait brutalement dans sa nénette effrayée. Au gré de mes allers, ses lèvres humides frémiraient. Au gré de mes retours, elles frétilleraient. De peur d'en avoir eu assez. Assez pour hurler. Hurler de plaisir. Et exulter de moi. Son Julien Morel.

J'ai joui au moment de la prière. Mon regard lubrique était un outrage aux pieuses paroles du rabbin mais je ne m'en souciais guère. Je ne serai jamais juif de toute façon. Pour être juif, il faut être juif. Aux toilettes, je me suis essuyé mais le papier est resté collé. Mon humiliant caleçon était trempé alors je l'ai rempli de papier hygiénique pour ne pas avoir cette sensation mouillée sur le corps.

Je me suis lavé les mains. Dans la salle de bain des invités, il y avait une vingtaine de petites serviettes en éponge pour s'essuyer. Des serviettes pour mains propres. Chacune d'une couleur différente mais dans des tons pastel. Après chaque utilisation, il fallait la jeter dans une corbeille prévue à cet effet. J'ai d'abord songé à la replier, mais non, il ne fallait pas. C'est tellement Sylvie ça. Du raffinement jusque

dans les chiottes. Chez nous, la bleue c'était pour les mains et la jaune pour le corps. Mais personne ne s'y tenait. Alors il y avait souvent des effluves de jaune dans la bleue et de bleue dans la jaune. Je suis retourné dans la cuisine. Elle a dit :
— Ah ben tu es là toi ! Tiens, goûte ça…
C'était immédiat, quand je la voyais j'avais des démangeaisons dans le caleçon. J'ai goûté au jazné. Une sorte de gâteau au fromage et aux pistaches sur lequel elle faisait couler du sucre liquide. Je la pénétrais à nouveau et m'abreuvais de sa flotte originelle. La bouche entrouverte, je suçais son auriculaire resté en l'air. Le sucre dégringolait sur la pyramide de fromage blanc et je mordillais sa pistache effervescente. J'ai joui dans le papier hygiénique et ça a fait de la purée dans mon caleçon. Ma mâchoire s'est détendue, j'ai pu goûter le jazné. Inquiète, Sylvie m'a demandé :
— Ça va ?
— Oui, va ça… j'ai dit.
N'importe quoi, les mots échouaient lamentablement dans ma bouche. J'aurais voulu lui montrer que j'étais différent mais à la place

j'ai dit « va ça ». Un vide abyssal m'emprisonnait. Sylvie a tapoté sur mon épaule et elle est retournée auprès de son stupide fils qui n'arrêtait pas de l'appeler. Alors qu'il la voyait tous les jours sa mère, et qu'il pouvait jouir à n'importe quelle heure.

Les invités sont partis progressivement. Les intimes se sont rassemblés dans un salon privé. Nous avons pu commencer avec mon père. Ce soir-là, je ne me suis pas baissé : j'avais comme de la compote dans le pantalon. C'était désagréable. J'ai juste nettoyé les tables et plié les chaises. J'ai guetté Sylvie jusqu'à notre départ mais en vain. Elle avait laissé une enveloppe à notre intention. Mais je voulais quelque chose d'intime, quelque chose qui sente son odeur. Je me suis souvenu que la cuisine donnait sur la buanderie. Avec un peu de chance, il y aurait du linge sale.

Je me suis faufilé en prétextant que j'avais oublié « un truc j'crois bien euh dans la cuisine… ». La domestique dormait, j'ai allumé la lumière. Merci Seigneur, le panier à linge sale débordait. Enfin sale c'est exagéré, il avait été porté une fois tout au plus. Il sentait encore l'adoucissant,

leur linge sale. C'est tellement Sylvie ça. Je me suis dépêché et j'ai creusé dans la corbeille avec mes mains comme j'aurais creusé dans sa chatte délicate avec mes doigts bouillonnants. Un, puis deux, puis trois. À quatre, elle se cambrerait. Seul mon majeur la pénétrerait en profondeur, jusqu'à toucher son cœur. Mes allées et venues dans son sexe inondé la feraient geindre, sa vulve gonflerait, son clitoris rugirait, elle imploserait superbement en hurlant mon nom…
— Paul !
J'ai joui et mon père m'a vu. Une culotte violette entre les dents, je me tenais l'entrejambe.
— Qu'est-ce tu fous Polo ?
— Rien, va ça…
J'avais joui pour la troisième fois ce soir-là. J'ai retiré la culotte de ma bouche, l'ai mise dans ma poche et j'ai éteint la lumière. Mon père et moi nous nous sommes regardés. Un court instant mais un instant quand même. Il ne servait à rien de commencer une phrase par un « non mais euh c'est juste que t'as vu en fait… ». Alors il a dit :
— Faut qu'on y aille.

Effectivement, il fallait que je m'en aille. À tout jamais. J'avais abusé de Sylvie et de son hospitalité. Sa prévenance à notre égard prouvait que sa générosité allait au-delà de sa communauté. Le rabbin la connaissait bien décidément. Il savait que Sylvie était bonne. Une bonne chienne humide qui me faisait éructer de la queue et qui me… Putain non, il fallait vraiment que j'arrête ! Immédiatement. J'ai tout laissé et je suis parti. Avec mon père. Silencieux mais secoué. Tant pis. Sylvie m'avait rendu fou.

J'aime les lundis fériés. Surtout quand ça tombe le jour de mon anniversaire. Le 12. Et que la veille j'ai autant joui. Mais j'ai décidé que je cesserais de souiller Sylvie après cette nuit-là. Je m'en voulais un peu de l'avoir profanée. Aurais-je quand même un cadeau de mon père ? Aurais-je quand même un gâteau de ma mère ? Aurais-je quand même un baiser de ma sœur ? Oui. J'ai eu les trois. Un blouson, un fraisier et un bisou. Plus une raclette conviviale avec tout le monde autour de la table. Sans les coudes sur la table. Bien habillé, bien repassé. Ma mère tient beaucoup au rituel de l'anniversaire. Chacun a sa manière de ne pas chuter complètement.

Elle s'était décorée en même temps que le gâteau : boucles d'oreilles, vanille, barrettes fleuries, crème chantilly, fard à paupières, pépites de nougatine, vernis à ongles, massepain. Et la bougie. Celle qui ne s'éteint jamais. Sur laquelle on souffle en disant « oh là là ! » et que tout le monde essaye d'éteindre. Qu'est-ce que c'est rigolo cette bougie quand même. Qu'est-ce que c'est bon la mortadelle sur une pomme de terre avec du fromage fondu et un bout de cornichon. Qu'est-ce que c'est bien mon anniversaire avec toute ma famille. Qu'est-ce que c'est agréable de voir ma mère à table, de voir mon père lui caresser la main et de voir ma sœur manger des lipides. De boire du cidre. Et de baisser les armes. Juste pour les aimer. Comme ils sont. En tout cas c'est fatigant de détester sa famille. Vivement les jours d'anniversaire où qu'on s'aime tout simplement.

Le blouson était en cuir véritable, il devait coûter une fortune. Ma sœur m'avait prévenu, elle me le chiperait de temps en temps. C'était un blouson d'aviateur. J'en avais parlé à mon

père au détour d'un bureau poussiéreux quand il m'avait demandé, un soir tard dans un cabinet d'avocats du boulevard Saint-Germain : « Si t'avais un million, là, là tout de suite, qu'est-ce t'achèterais, là hein ? » J'avais répondu un avion privé pour pouvoir voyager seul, sans gens, et un blouson d'aviateur pour avoir de l'allure au-dessus des dunes de Namibie. Il ne l'avait pas oublié et pourtant ça faisait un an déjà. Lequel de nous deux était le plus couillon au fond ?
— Et le mec en partant y dit : « Allez on s'épile, on s'fait une touffe ! »
Lui. De toute évidence.
C'était mon tour de raconter une blague.
— Je vous préviens, elle est absurde. Bon, alors un soir plein de copains astérisques décident de faire une boum. Ils dansent, ils s'éclatent, la musique les fait bouger, les astérisques sont dans la place et tout à coup quelqu'un sonne. L'astérisque qui organise la soirée va ouvrir. À l'entrée, il y a un point. Il lui demande ce qu'il fait là et lui rappelle que c'est une soirée d'astérisques exclusivement. Et lui, le point, il répond : « Ben quoi, t'as jamais vu quelqu'un qui met du gel ? »

Rien. Rien du tout. La bouche entrouverte, ils attendaient la chute. Ma chute. Quelque chose. Ma mère a demandé :
— Astérix d'*Astérix et Obélix* ?
Mais oui, quel con j'étais. Je jure que je ne l'ai pas fait exprès, je n'avais rien calculé à l'avance par moquerie. Évidemment que j'aurais dû les éclairer avant. Évidemment qu'astérisque c'était le pote d'Obélix pour ma mère. Pour mon père. Et pour l'Ivoirienne.
— Mon Polo autant t'es bon en rédaction, autant t'es nullos en blague.
J'ai préféré passer pour un nullos en blague et les aimer tout simplement. Ne pas rappeler à ma mère que les astérisques, ça s'apprend en cours élémentaire. Ne pas rappeler à ma sœur que même dans ses cours par correspondance, l'astérisque qui indique un renvoi ou annonce une note aurait pu lui servir. Ne pas rappeler à mon père que c'était un peu lui le nullos vu que ma blague était très drôle quand on connaissait plus de mots qu'on n'a de doigts. Ils se sont foutus de ma tronche et m'ont appelé Astérix pendant un mois au moins.

Lors d'un déjeuner de famille le dimanche suivant, ils m'ont encouragé à raconter ma blague devant mon oncle, ma tante et les cousins. Je ne l'ai pas fait parce que c'était pour se moquer de moi. Mon père, lui, il ne s'est pas gêné :

— La meuf, tu comprends, elle a tellement de peaux mortes sous ses pieds qu'elle s'en sert comme du parmesan en les râpant sur son gratin de pâtes !

Éclat de rire général autour de la table. Ma grosse fermière de tante s'est balancée sur sa chaise, ivre morte de rire, en tapant des mains sur la table.

— Arrête fréro, j'ai des hauts de cœur…
— *Haut-le-cœur* on dit.
— Quoi ?
— Non, juste on dit *haut-le-cœur*.

Tout le monde s'est tu, c'était gênant. Elle a changé de tête et est devenue grave. Menaçante presque.

— Comment ça ?
— Non parce que t'as dit « j'ai un haut de cœur » et on dit *haut-le-cœur*, c'est tout.
— Mais t'avais compris ce que je voulais dire ?

— Oui.

— Alors la prochaine fois tu gardes ta culture pour toi et tu me laisses avec la mienne. Elle s'appelle agriculture la mienne et des fois on fait des fautes. C'est pas grave, le principal c'est qu'on rit. T'as compris ?

— Oui.

Ses *r* sont ronds quand elle parle. Elle a un peu le débit de Mistinguett ma tante, tu n'as pas envie de la contredire quand elle te chope avec ses yeux. D'ailleurs je n'avais pas à la contredire cette fois-là. Elle m'a appris la modestie en une phrase. J'avais oublié qu'il était plus important de rire que de ne pas faire une faute de français. Je me suis craché dessus et j'ai pris une part de tarte. À la rhubarbe. De la rhubarbe du jardin de ma tante. De la pâte brisée des œufs de ses poules. De la crème du lait de ses vaches.

— Tiens, la plus grande part pour toi mon Polo.

— Merci tantine.

J'attendais mon père devant le portail du collège. Il a jeté son mégot et m'a serré la main. Il semblait anxieux dans sa chemise décontractée et son pantalon à pinces. Ce n'était pas la première réunion à laquelle il assistait mais cette fois il avait décidé d'y participer. Avec des mots, je veux dire. Je l'avais surpris avec mon dictionnaire des synonymes en train de rédiger une question élaborée : « Est-ce qu'il faut réprimander autrement que verbalement son enfant quand il fait une bêtise de taille, telle que boire de l'alcool ou fumer un joint ? » En gros, ce que mon père voulait savoir c'était si une bonne torgnole n'était pas la seule réponse valable qu'on puisse donner à un morpion qui boit au lieu d'aller en cours. Parce que c'était ça le sujet du jour : les morpions qui boivent.

La réunion s'annonçait animée. Tous les parents avaient répondu présents, préoccupés par ce fléau, soucieux du bien-être de leurs enfants. Et complètement impuissants, incapables de trouver une réponse intelligente tout seuls. Ils se pressaient dans la salle de réunion du collège, se racontaient leurs petites mésaventures :

— Il ferme toujours la porte de sa chambre à clé normalement, mais là il avait oublié et j'ai trouvé deux bouteilles de whisky et de vodka à moitié vides dans un carton, je ne sais plus quoi faire…

Mon père maltraitait sa question dans la paume de sa main. Il attendait le moment opportun, il fallait que l'enchaînement soit fluide par rapport à ce que diraient le médecin, la principale et la psychologue. Mais il n'écoutait pas, trop occupé à relire sa question et à la répéter encore et encore dans sa tête. Dans l'ordre. Avec un air concerné. Sans montrer qu'il avait déjà la réponse. Qu'il n'est pas une brute. Mais un père pédagogue. Du coin de l'œil, je le regardais s'agiter. C'était imminent, il allait la poser. Pourvu qu'il ne s'emmêle pas. Qu'il ne bégaye pas et que le professeur ne soit pas obligé de la reformuler poliment. J'aurais voulu l'aider, mais cette question lui appartenait, c'était à lui de la poser et d'y mettre l'intention qu'il voulait.

Bientôt l'heure serait passée et les dangers de l'alcool n'auraient plus de secrets pour ces parents rassurés. Grâce à un dialogue rétabli, les gosses se tiendraient à carreau et ne boiraient plus jamais dans l'enceinte du collège. Plus jamais. Ils le feraient juste devant. Mais

plus dedans. J'avais encore un tout petit espoir de voir mon père lever la main et poser sa question. Qui d'ailleurs était la plus couillue de toutes. Mais il a pris trop de temps, il est resté en répétitions, pas assez de courage pour la générale, il a trop retardé l'échéance, trop dodeliné de la tête, trop respiré, trop avalé sa salive, trop sué, trop croisé, trop décroisé les jambes, trop eu peur de trébucher sur un mot et de voir ses automatismes de pedzouille reprendre le dessus. Il n'a pas su se lancer.
Pourtant il avait des choses à dire à ces parents affolés, tourmentés par leurs enfants qui boivent de l'alcool de plus en plus jeunes. Et de plus en plus tôt. Le matin, je veux dire. En entendant la question « mais que peut-on faire ? », mon père avait sûrement envie de hurler « mais votre boulot bande de cons ! ». Il aurait eu raison. Tous ces parents désemparés me dégoûtaient moi aussi. On célébrait trop les enfants de toute façon. J'en ai souvent reçu, des tartes. Certaines étaient justifiées, d'autres pas franchement. Ce qu'il veut par-dessus tout, mon père, c'est que je ne finisse pas comme lui. Il me le répète à chaque fois et ça suffit à justifier au moins la moitié des tartes.

Quand nous sommes rentrés à la maison, il a dit :

— Quand un pays légifère sur la gifle, c'est qu'il va mal.

Décidément il l'avait bien préparée, cette réunion. J'étais sacrément étonné. Et sacrément fier. Je lui ai demandé pourquoi il n'avait pas dit ça à la réunion. Il m'a dit :

— Ça sert à rien de parler à des cons. C'est pas des parents ça, c'est des tafioles qu'ont la colique rien qu'de dire non à leur gosse. D'ailleurs, quand il boit l'gamin, c'est d'jà trop tard. C'est les parents qu'y faudrait cogner !

Mon père n'a pas participé ce soir-là mais j'ai aimé notre conversation après. Elle tenait debout. Pas de blagues en dessous de la ceinture. Juste un raisonnement. Un raisonnement de père. Il est peut-être un peu limité pour certains trucs, il n'en reste pas moins cohérent. Et ça, je dois m'en souvenir. Toujours. Tout le temps.

— T'as raison papa.

— Ben, bien sûr qu'j'ai raison. Tu crois qu'j'vais laisser mon gosse se démonter la tête au lieu d'aller étudier et essayer de comprendre pourquoi

il boit à 9 h du mat' au lieu d'aller en biolo ? C'est pas une gifle que j'te mets moi, c'est un coup de boule ! Et qu'tu fais une fugue, qu'j'j't'ouvre plus la porte. On va pas s'laisser emmerder par des morveux pas finis…
J'ai ri.
— T'es d'accord, non ?
— Ouais…
Il a ri.
— T'es pas un crétin toi ! Tu veux pas finir comme moi alors tu déconnes pas…
— Ça veut dire quoi finir comme toi papa ?
— Ça veut dire que tu regardes plus souvent le sol que le ciel mais que ça t'empêche pas d'marcher dans la merde quand même…
En cachette, je me suis craché dessus. Mon père est intelligent. Sauf que dans le désordre les mots ne servent à rien. Là, le sol, le ciel et la merde, ça s'enchaînait parfaitement. J'ai glissé ma main dans la sienne et, gêné, il a dit :
— Qu'est-ce t'as, tu tournes tafiole ?
Forcément. C'était trop beau sinon. Je n'ai rien répondu. Je lui ai préparé des crêpes. Je n'avais pas envie de passer la soirée chez Marwan. Ni d'aller me coucher tôt avec Sylvie. Je voulais

rester avec mon père et commenter l'actualité. Moi aussi j'y allais de mon petit commentaire sans intérêt. L'obésité, les sdf, la chirurgie esthétique, les intégristes islamistes, la mode, la crise, le réchauffement climatique, l'antisémitisme, les bavures policières, les sorties cinéma… On donnait notre avis et on se poilait tous les deux sur le canapé.

Ma mère matait un film et ma sœur traînait dans les étages. Elle aussi elle s'en prenait parfois. Des tartes. Mais il ne s'en souciait pas trop. Moins que de moi. Quand elle s'était fait avorter à treize ans, il avait dit : « Alors elle, c'est mort ! » Elle l'avait entendu. Elle n'a plus fait d'efforts. Lui non plus. Entre eux ça s'est détérioré. Elle a dormi à sa place. Il a dormi à sa place. Ils se disent « bonjour ça va ? » et puis c'est tout.

J'ai eu un besoin intense d'aimer mon père ce soir-là, de partager avec lui des mots et des rires, une complicité que j'avais enterrée injustement, trop ébloui par mes mots arrogants. J'avais besoin d'une connivence, d'un regard qui en dise long, d'un « tope là ! », d'un fou rire communicatif ou d'un « tu l'as dit bouffi ! ».

J'en avais l'eau à la bouche de l'aimer mon père. Et je m'en suis donné à cœur joie de l'aimer. Il n'y avait rien de meilleur. Peut-être qu'un jour on pourra fanfaronner pareil mais dehors. Aux yeux de tous. Pas juste devant la télé.
On s'est endormis en spaghettis. Au milieu de la nuit, j'ai joué au mikado avec nos corps pour ne pas le réveiller. Je l'ai recouvert d'un plaid. Enfin, c'était une couverture pliée. J'aimerais bien avoir un plaid chez moi. Ça voudrait dire qu'on est assez chic pour distinguer le légèrement frisquet du froid sa mère. De toute façon je fais ce que je veux avec mes mots et dire que j'ai recouvert mon père d'un plaid cette nuit-là, c'est comme si je l'avais fait. Apaisé, je suis allé me coucher dans mon lit. Comme réconcilié avec lui. Ou peut-être avec moi. C'était la même chose. C'était la même chose, oui.

Cet été encore, je ne partais pas. J'avais poliment décliné l'invitation de mon grand-père, prétextant des révisions capitales pour mon entrée au lycée. Car ma conseillère d'orientation s'était trompée : contre toute attente, le conseil de classe n'avait opposé aucune réserve à ma poursuite d'un cursus normal.
Le dégradé de couleurs s'éclaircit considérablement au passage en seconde. Seuls quelques sombres rescapés sont épargnés. Les autres obéissent à la cheffe, la conseillère, celle qui conseille de lâcher prise et de s'orienter vers le sud, loin du nord, moins adapté à eux. Ils se laissent facilement convaincre qu'ils n'y sont pour rien, que c'est la faute au nord. De toute façon, leurs parents donnent toujours raison à *çui-là qu'est derrière le bureau*. Cela dit, de très belles perspectives d'avenir s'offrent à eux. Tant qu'il y aura des rongeurs qui niqueront les câbles électriques dans les immeubles de la capitale, ils auront du travail. Marwan a cédé

comme la plupart, il s'est inscrit au lycée professionnel Claude-François. On se verra moins mais ce sera toujours mon pote, c'est sûr.
Je suis blanc mais à la base moi non plus je n'avais rien à faire en seconde. Je fais partie des désapprouvés de naissance normalement, ceux qui n'ont aucun avenir mais à qui on cache la vérité un temps grâce à des lois et des discours bien dits par des bien-nés, auxquels on s'accroche désespérément et qu'on lâche un jour, par hasard, à cause d'une crampe. Pourquoi moi, Polo, j'avais réussi là où des copains avaient échoué ? J'avais beau chercher, je ne comprenais pas. Pourquoi ? Parce que quoi ?
Parfois je me laisse choir dans mon unique cauchemar et j'y injecte toutes mes peines. De celles qui vous bâtissent ou vous anéantissent. Mais qui ne sont rien à côté de ce qu'il y a en moi depuis toujours, ce souvenir atroce, cette commotion cérébrale permanente, cette honte qui me paralyse. Toujours. Tout le temps. Les gens qui vous font des choses comme ça ne peuvent pas savoir ce qu'on éprouve, et qu'on traîne ce cauchemar toute sa vie. S'ils savaient, ils se tueraient.

J'étais en sixième et mon professeur de sport avait imposé la danse contemporaine improvisée comme discipline à part entière, soi-disant propice à éveiller nos sens et notre mémoire corporelle. La vérité c'est qu'il n'avait pas ramené que de l'encens et des masques de New Delhi dans ses valises. Il y avait aussi un intouchable trop craquant aux fesses rebondies qui lui avait donné envie d'ouvrir ses chakras. Mais pas seulement. Le sordide se mélangeait au spirituel et c'est nous qui avions l'air con sur le praticable de la salle de sport ce matin-là. Sur des airs au curry, mon professeur se balançait sans aucune harmonie, figé, d'un bloc. Pour l'illusion, il faisait tournoyer ses mains, comme font les Blanches quand elles apprennent la danse orientale. En symbiose totale avec l'au-delà, il nous encourageait à commencer par l'imiter puis à nous laisser aller. Il fallait suivre ce que notre corps nous dictait et abattre les obstacles de notre mental.
— Soyez ridicules, il disait, allez-y, allez !
Alors on y allait, en retenue d'abord, puis on faisait vraiment les cons. Évidemment, comme ça glissait vite avec nous, on a fini par faire comme si on prenait des chèvres par l'arrière.

— C'est ça riez, riez de vous, allez-y !
On se marrait bien sur ce praticable finalement mais parce qu'on était beaucoup. À l'épreuve individuelle, on se figerait, c'est certain. Et on ne rigolerait plus. Mais le prof a trouvé pire encore : il a séparé les garçons et les filles en deux groupes et les a alignés les uns face aux autres. Au signal de la musique, une fille devait choisir un garçon et improviser une chorégraphie avec lui. J'ai instantanément redouté ça. Jérôme, Mehdi et Stéphane ont été choisis les premiers par Maéva, Jenifer et Alizée. Les filles moyennes se sont alors précipitées sur les garçons moyens. Les pas belles sur les pas beaux. Maudit chiffre impair. Je me suis retrouvé tout seul au milieu des couples. Qu'y avait-il en dessous de pas beau ? Moche. J'étais moche.
Le poignard s'attardait entre mes côtes et finissait de cisailler mon corps à la verticale. On me lançait des regards railleurs, personne n'avait pitié du moche. J'avais l'impression d'être une lacune. Je ne sais pas pourquoi mais c'est ce qui m'est venu en premier. Un corps à l'intérieur d'une cavité. Cette fois, j'aurais même accepté la pitié comme partenaire pour me

consoler. Personne n'a consenti à m'en donner. Il fallait à tout prix que je me reprenne et que je fasse un truc. Un truc pour sortir grandi. Une pirouette vers mon salut. Mais quoi ? J'étais électrocuté de honte et le play ne s'enclenchait pas.
L'ésotérique m'a appelé et il a dansé avec moi. Double humiliation. Tout le monde se moquait. Ce n'était plus la chèvre qu'on imitait, c'était moi, et je savais que ça me poursuivrait. J'avais envie de pleurer mais je me suis mordu la langue. Une fois dans le vestiaire, j'ai encore dû faire bonne figure malgré les vannes. Je me souvenais vaguement d'un crapaud et d'une blanche colombe mais je ne savais plus ce qu'ils faisaient et dans quel ordre. Tout se mélangeait dans ma tête alors je suis resté silencieux et je suis parti au milieu des ricanements.
J'ai séché les cours et je suis allé réveiller mon père. Je me suis enterré dans ses bras. On n'a plus bougé. Lui si souvent ballot, il a fait preuve ce jour-là d'une délicatesse surprenante, ne demandant ni qui, ni quoi, ni où. Simplement ses bras. Autour de moi. Moi Polo, le moche.

Aujourd'hui, plus que jamais, je me suis remémoré cet abominable cours de danse contemporaine au moment d'entrer dans ma salle de sciences économiques et sociales, que j'ai choisies en option. Et je suis entré. Fièrement. Un géant américain a implanté une filiale à l'est de ma banlieue, la fréquentation du lycée s'est donc améliorée. Ce n'est pas Henri-IV mais il y a parfois des voitures luxueuses sur le parking. Peu mais tout de même. Il y a même des cours dispensés en anglais pour les enfants d'expatriés. Les expat'. Ça, ça me branche. Être un fils d'expat' et faire la gueule parce qu'on change de pays et qu'on perd ses copains.
Pour faire partie de cette communauté d'exilés de luxe, moi j'abandonnerais tous mes copains, sans aucun regret. Les filles me demanderaient comment c'était le Paraguay et je dirais qu'*après l'école on allait faire du surf sur la plage de Tikitinka, à deux pas de mon bahut...* En vrai, après l'école, j'allais faire le ménage à la bibliothèque, à deux pas de mon bahut. Là, j'apprenais que le Paraguay n'a pas de côtes et donc pas de plage, qu'il a juste un fleuve très grand, le Paraná. C'est déjà ça. Mon père était toujours femme

de ménage et moi toujours son fils. Malgré le niveau et les exigences du lycée, je continuais de l'accompagner. Plus que d'aide, je crois que mon père avait besoin de compagnie. Je n'avais jamais envisagé ça.

— Mon Polo, qu'est-ce qui s'est passé aujourd'hui au lycée ?
— Rien. Rien de spécial.
— Mais quoi de pas spécial ?
— Ben rien…
— Alors invente…

Il ne se passait rien au lycée. Les filles, même les pires laiderons, ne s'intéressaient toujours pas à moi. J'ai toujours été plutôt dans l'ombre côté filles, mais cette année s'annonçait encore plus morose. Comme Flaubert, j'étais *d'une tristesse de cadavre*. Je surfais dans sa *Correspondance* avec Louise Colet. La littérature me renvoyait malgré elle à ce que j'étais : un petit mec qui voulait à tout prix coucher avec une fille, comptant les semaines, depuis peu les jours, là où l'autre comptait en livres. *C'est le chemin de la mort et je veux vivre encore trois ou quatre livres.* Forcément, je me trouvais lamentable à côté.

Il me fallait absolument une passion, quelque chose qui chamboulerait mon espace-temps et qui intriguerait les plus belles. Ces plus belles qui ont toujours besoin de se salir un peu avec des passionnés aux ongles noirs. Le noir de l'encre ou le noir du vernis des rockers. *Crois bien que je ne suis nullement insensible aux malheurs des classes pauvres. Mais il n'y a pas en littérature de bonnes intentions : le style est tout.* Il me fallait du style et de mauvaises intentions. Une passion élégante et effrontée. *On est toujours ridicule quand les rieurs sont contre vous. Les rieurs sont toujours du côté des forts, de la mode, des idées reçues, etc. Pour vivre en paix, il ne faut se mettre ni du côté de ceux dont on rit, ni du côté de ceux qui rient. Restons à côté, en dehors, mais pour cela, il faut renoncer à l'action.* Comment renoncer à l'action ? Pourquoi la littérature n'offre-t-elle pas de mode d'emploi avec ses œuvres ? Renoncer à l'action et m'abstenir. C'est déjà ce que je faisais. Certes pas par choix mais je renonçais à plein de trucs et je m'abstenais de plein de trucs.

Ne sens-tu pas que tout se dissout, maintenant, par le relâchement, par l'élément humide, par les larmes, par le bavardage, par le laitage ? Si, je le sentais. Et je comprenais : ce sont les femmes le problème. Mon problème, mais pas seulement. Elles sont le cancer du monde et son origine à la fois. Enfin, sans notre pâte à crêpes, elles ne sont que le cancer. Je devais renoncer à elles. Une savonnette et une main habile suffiraient. Des putes aussi. C'est vrai qu'elles en font trop les femmes à toujours revendiquer des trucs soi-disant fondamentaux. Si elles étaient aussi fortes qu'elles le prétendent, pourquoi seraient-elles toujours les deuxièmes ?

Les hommes leur servent des proverbes qui les font mouiller, genre « derrière chaque grand homme, il y a une femme », et ces connes s'en satisfont, préférant l'ombre d'un grand homme à la lumière de l'humanité. Réponse de Louise Colet : *Ô humanité, que tu me dégoûtes !* Pour le coup, Flaubert s'est tu.

Un soir, Priscilla m'a envoyé un message : *où t ?*

J'ai répondu *à la bibliothèque*, c'était vrai. Et faux à la fois. J'y étais mais je la nettoyais. J'avais envie de la voir et de lui dire que je l'aimais. Tout simplement. Que mon cœur s'emballait quand je la voyais et qu'il saignait quand je ne la voyais pas.

— La prof de français a perdu ses eaux en plein cours et son col était vraiment trop dilaté pour la transporter à l'hôpital.
Mon père a levé le nez de sa serpillière.
— Ah ouais ?
— En attendant l'ambulance, Rudy et moi on l'a installée dans le fond de la classe, sur nos manteaux. Quand j'ai vu le crâne du bébé, je lui ai dit de pousser encore. Elle hurlait. Malheureusement, ce n'était pas le crâne mais les fesses. Le bébé se présentait en siège et j'ai dû faire une césarienne. Rudy m'a passé son compas qu'il a désinfecté avec son eau de toilette et le bébé est sorti avec le cordon autour du cou. On a pu le réanimer à temps, la mère et son nouveau-né se portent bien. Maintenant papa, je vais devoir te laisser car je suis attendu à l'Élysée pour recevoir ma médaille de l'ordre national du mérite.
— Qu'est-ce t'es con, au début j'y croyais hein…
— Voilà ce qui s'est passé au lycée aujourd'hui.

L'année scolaire s'est déroulée comme ça. Comme une année de seconde. Avec des cours. Avec des fêtes. Avec des peines. Avec de longs silences de Priscilla. Entre ses cours de solfège, de piano et de natation, elle était moins disponible. Moi, entre mes cours, mes devoirs et mes révisions, j'avais juste la moyenne. Et une seule question en suspens : que fallait-il pour qu'elle me voie ? Elle m'entendait mais elle ne me voyait pas. *Cyrano de Bergerac*, ça ne me réconfortait plus. Au contraire. Je comprenais que ma mocheté n'était pas suffisamment rigoureuse, qu'elle était le fruit du hasard et d'une nature mal faite. Je n'étais pas assez moche, ma gueule n'effrayait pas : elle indifférait. J'avais un visage qui ne suscitait rien. Ni dégoût, ni curiosité. Il était inconséquent. J'étais un élément de plus dans la médiocrité de l'existence. Mon visage, c'était juste des traits qui n'allaient pas ensemble alors que pour coucher avec une belle, il aurait fallu que ma mocheté soit monstrueusement divine, de celles qui disent de profil *Moi, c'est moralement que j'ai mes élégances…*

Et puis les silences de Priscilla se sont encore allongés. J'étais en première, j'avais réussi à passer en restant dans la moyenne, et elle ne venait pas à nos rendez-vous, elle répondait à mes messages mais de manière évasive. Elle me négligeait et ça me rendait triste. Un jour, j'ai séché le cours de sport et je suis allé l'attendre à la sortie de son lycée, sur le trottoir d'en face, près du kebab. Je l'aborderais sans détour et je lui demanderais ce qui n'allait pas. Tout simplement. Un flot d'adolescents décérébrés et clonés se roulaient des pelles écœurantes et boueuses de salive devant des parents qui attendaient sagement dans la voiture qu'Anthony finisse de steaker Roxane.
Enfin, Priscilla est sortie à son tour. Accompagnée d'un garçon. Elle allait lui faire la bise et j'irais lui parler. Bon, là ils se regardaient dans le blanc des yeux mais Priscilla, elle est comme ça, quand elle parle à quelqu'un, elle le regarde toujours droit dans les yeux. Même avec moi elle le fait. D'accord, elle penche la tête mais c'est parce qu'elle réfléchit évidemment. Ou parce qu'elle hésite. On penche sa tête quand

on hésite, oui. Lui, il déploie son gosier, l'étire vers l'avant, comme font les rouges-gorges quand ils ont la trique. Il n'aurait quand même pas la trique ? Elle dodeline de la tête, il tape dans un caillou. Elle respire, il la fixe. Elle s'avance, il l'embrasse. Oh l'enculé ! Sur la bouche. Et ils l'ouvrent, leur bouche, ces… ces renégats. C'est mon mot de cette semaine.

Après, ils se penchent tous les deux vers la droite alors ils se cognent le nez. Tant mieux pour leurs gueules ! Oh, le premier baiser pourri ! Automatiquement, ils se penchent vers la gauche tous les deux, les yeux fermés et bang, de nouveau nez contre nez, ridicules. De vrais bouffons de l'amour. Grotesque premier baiser. Minables pelles.

Ils ont éclaté de rire pour masquer leur embarras. Ils s'y sont remis et ont chacun à l'avance choisi un côté, elle à gauche, lui à droite, et ils se sont embrassés. Une deuxième fois. Aucun goût de tragédie dans ce baiser répété. Il ne valait rien. Rien de plus qu'une scène réchauffée. Au lieu de s'abandonner, là ils doivent se dire « Oh la honte ! ». En tout cas moi ça me fait bien rire ce baiser raté entre Priscilla et ce mec trop nul.

Ouais. Bien rire. Ce qui aurait dû être un de leurs meilleurs souvenirs de lycée s'avérait être un bisou confus, embarbouillé et bâtard. Je suis sûr qu'à l'intérieur même leurs langues allaient dans le même sens et qu'elles empiétaient l'une sur l'autre au lieu de respecter la valse. Ils se sont dit au revoir et ont marché chacun de son côté. Dans le bon sens. Pour une fois.

J'avais mal. Aussi mal que Beethoven lorsqu'il a perdu ses oreilles. Plus mal. Je ne savais même pas jouer d'un instrument, moi. Ma mélodie s'appelait Priscilla et la voilà qui devenait une Maéva. Une conne qui embrassait un garçon. Autre que moi. Plus costaud. Avec de l'envergure. Quand il est monté dans cette Jeep, c'est vrai, il avait de l'allure. Moi, non. Encore moins agenouillé derrière ce muret à côté d'un kebab. Avec mon pull à message et mon jean taille haute.

Comment devais-je réagir ? Aller lui parler quand même ? Ignorer son message, si toutefois elle m'en laissait un ? Pleurer et supplier comme une femme ? Ou laisser tomber et rentrer chez moi. Continuer de dormir avec Sylvie, aller prendre le thé chez la mère de Marwan et aider mon père à faire le ménage. Oublier Priscilla et l'annuler dans mon avenir. La remplacer par une autre. Plus abordable. De ma cité. Tout revoir à la baisse. Là où j'ai pied. Là où qu'on paye pas des impôts.

Sur le chemin du retour, j'ai pris un raccourci et je me suis enfoncé dans la forêt. Et dans une ardente déprime à la fois. Comme du pollen sur une fleur, ce mec m'avait éclipsé d'un souffle. Mon existence, il ne la soupçonnait même pas. J'aurais préféré une lutte acharnée, un truc plus noble, où perdre te fait mal mais ne t'anéantit pas. J'aurais forcément perdu face à cet Américain. C'est sûr qu'il l'était.

Je croyais faire partie de l'échiquier de Priscilla mais je n'étais rien d'autre qu'un bouffon qui la divertissait avec ses idées farfelues venues de son tiers monde de Seine-et-Marne. De l'allée des Œillets, 5 B, septième étage sans ascenseur. Beaucoup trop dangereux. L'ascenseur, je veux dire.

Je fléchissais à chaque pas. À chaque pas, je me souvenais. De ce premier baiser mignon en fait. Spontané et drôle. Le genre de baiser dont on se souvient longtemps et qui fait sourire instantanément. Ce bisou imparfait qui incarnait toute la balourdise d'un premier amour. La maladresse des apprentis couples qui se disent « je crois que je t'aime » plutôt que « je t'aime ». Et qui ont raison. Parce que c'est plus vrai. De seulement croire qu'on aime. Dieu, fais qu'il croie l'aimer seulement. Fais qu'il se trompe et qu'elle m'aime moi. Fais que la Jeep rate un virage et que l'Américain fasse don de ses organes. La France manque d'organes, ils n'arrêtent pas de le dire dans les journaux. Il partira avec honneur. Ça ne me dérange pas qu'il soit honorable, mais loin d'elle, pitié.

Je me suis perdu dans la forêt. Je suis rentré tard. Priscilla avait appelé à la maison et avait demandé que je la rappelle. Mais ce mois-ci on ne pouvait que recevoir. Dans le combiné, une femme aimable nous rappelait qu'on était pauvres et qu'on n'avait pas payé la facture. Avec d'autres mots. Moins… comment dire ? moins accablants, plus arrondis. Tant mieux, ça la ferait languir que je ne rappelle pas.

Pourvu que la ligne ne soit pas complètement coupée : cette femme aimable révèlerait toute

la vérité et ma stratégie s'effondrerait. Ça mettrait Priscilla mal à l'aise et elle me proposerait des unités pour mon portable. J'aurais dû refuser les Babybel. Maintenant je le sais. De ce jour, j'ai été catalogué. Jamais elle ne m'embrassera. Je serai toujours celui à qui elle a offert des Babybel. Et l'Américain sera toujours celui qui l'a embrassée et qui est monté dans une Jeep.
Plus tard j'ai appris qu'il s'appelle Alex, qu'il est français et qu'il fait du squash. Elle me l'a dit quand mon père a payé pour que l'aimable femme du combiné la boucle. Elle s'est même excusée de m'avoir planté et a ajouté qu'elle était amoureuse. J'étais Beethoven. J'étais sourd. Elle m'a demandé si je voyais quelqu'un. J'ai dit « ouais, elle s'appelle Sylvie, c'est une feuj… ». Elle semblait ravie et m'a souhaité bonne chance pour le bac de français la semaine suivante.

À l'oral, c'est Flaubert qui m'a choisi. *L'Éducation sentimentale.* Paul, vous avez un quart d'heure.
— Pour conclure, je dirais que Frédéric Moreau représente en quelque sorte le bâtard moyen qui va, au gré de son existence, faire son éduca-

tion sentimentale. Une éducation qui s'avèrera être en définitive une accumulation de désillusions.
— Vous avez terminé ?
— Oui monsieur.
— Pourquoi avez-vous aimé ce roman ?
— Eh bien parce que… parce que j'ai… j'ai facilement pu m'identifier à ce personnage étant donné que j'ai moi-même une madame Arnoux dans ma vie. Elle s'appelle Priscilla. Mais j'ai compris que j'épouserai une Rosanette probablement alors ce roman m'a mis en garde et il m'a fait faire l'économie d'une illusion.

Quand je suis énervé, je fais souvent le même exercice dans ma chambre. Je déplace quelques meubles afin de pouvoir tourner en rond. Il s'agit de marcher très vite et de réciter quelque chose très lentement. Inévitablement, l'un des deux se cale sur l'autre, il faut réajuster ses pas ou ses mots. Une fois que j'y arrive, je ne suis plus énervé. Même si j'hésite toujours entre me résigner ou persévérer avec Priscilla.
Mais il y avait pire ce jour-là. Mon cousin de la campagne venait passer quelques jours chez

nous pour les longues vacances. Chez moi. Dans mon lit, où on dormait en quinconce. Je ne sais pas pourquoi il venait. Histoire de venir probablement. Mais ça n'enchantait personne, pas même lui je crois. Juste venir et dire qu'on est allé quelque part. Il s'appelle Damien et nous n'avons rien en commun. À part notre groupe sanguin je crois. O négatif. J'ai dû lui en donner un jour que notre oncle lui est rentré dedans sur un circuit de karting.
Comme tous les Damien, il a les mains moites. Et comme tous les bouseux, il fouette le terroir. La partie boueuse du terroir. Celle incrustée dans les ongles. Isolé dans sa ferme familiale du Centre, il n'a que la télé. Et des parents qui se couchent tôt. Très tôt. Après le journal régional. Et qui ne parlent pas. Rien à dire. Rien à transmettre. Juste le bétail. Juste le travail. Les jeunes, il les voit à la télé. C'est tout. Parfois sur la nationale 12, perché sur son tracteur. Une fois deux filles dans un cabriolet jaune lui ont dit « tu nous ferais faire un tour dans ton gros tracteur... ? » avec un air d'allumeuses il a dit.
Damien est un peu débile quand même. Lorsqu'on joue au Baccalauréat, à « animal en

E » il met « Éponge » parce que « j'sais bien qu'tout l'monde y va mettre éléphant ».
— Mais éponge, c'est pas un animal !
— Bien sûr que c'est un animal, ils vivent dans la mer !
— Oui mais non, c'est pas un animal, ça marche pas.
— Ben si, c'est comme un poisson. Regarde quand on la laisse dehors de l'eau, elle sèche. Donc une éponge ça vit, donc c'est un animal !
— Putain mais non Damien, ça marche pas, tu mets « Zéro » !
— Si tu veux j'mets « Zéro » mais éponge c'est un animal.
Et il a mis « Zéro » sans rechigner. J'ai gagné à chaque fois.
Pendant son séjour Damien ne sortait pas beaucoup, il jouait juste au foot avec des mecs de l'immeuble et regardait les filles par la fenêtre. Il aime bien les Maghrébines. Il les trouve friponnes derrière leurs airs arrogants et redoutables en matière de sexe. Il n'a pas tort. C'est bien qu'on leur interdise tout, elles n'en sont que plus coquines le jour J. Moi, celles que je préfère, c'est celles qui portent un

foulard branché. Pas du tout le fichu de leur grand-mère. Celles qui portent des tailles basses avec le voile. Celles qui veulent gagner des points aux yeux de Dieu mais garder du crédit aux yeux des hommes. De vraies gourmandes du bon point qui veulent contenter le là et l'au-delà. Des indociles qui nous prennent de haut. Des indomptables qui nous toisent. Leurs frères et leurs pères travaillent pour nous sans le savoir. Ils font de leurs filles des fantasmes absolus.

Damien aime aussi les Noires. Et les Blanches. Et même les pâles Juives du quartier des Ternes. Il les aime toutes. Sans exception. Du moment que ce sont des filles. Mais il n'a pas souvent l'occasion de s'en taper. Un matin, au réveil, il m'a montré sa queue. Elle était toute rouge avec des petits boutons purulents. Il la massait avec des glaçons et de la crème solaire. En cachette de mon père, nous sommes allés aux urgences. Sur le chemin, je lui ai demandé où il avait vadrouillé dernièrement.

— Nulle part, j'sors pas.

— Non j'veux dire où t'as trempé ta queue pour attraper ça ?

— Une brebis.
Pour moi se faire une brebis en milieu rural ça tenait de la légende urbaine. Mais il ne vivait pas en ville lui, bel et bien à la campagne.
— Pour pas qu'elle te donne un mauvais coup, tu lui bloques ses deux pattes arrière en les enfonçant dans tes bottes et comme ça t'es tranquille.
Je n'ai rien pu dire jusqu'à l'arrivée aux urgences. Tout était dit : « Tu lui bloques ses deux pattes arrière dans tes bottes et comme ça t'es tranquille. » La remarque de ma mère devant le journal télé prenait tout son sens : je pouvais être content de ce que j'avais. Il a promis au médecin de ne plus recommencer. Bambi était peinarde.

Pourtant, cette brebis enfilée m'a poursuivi toute la journée, et toute la nuit. C'est dingue, la détresse de Damien ne m'effleurait même pas. Je suis une belle enflure. Je pensais à Bambi qui soudain se faisait prendre par mon cousin, piégée dans des bottes en caoutchouc, tombée dans l'embuscade de son patron psychopathe à qui elle devrait encore donner du lait le lendemain. Sans rechigner.

Pour mon cousin ça ne changeait rien. Pour moi, tout. Au petit déjeuner, je lui ai dit qu'il devait aller chez un psy, que sa déviance pouvait être soignée et qu'on ne baisait pas des brebis.
— Si j'baise pas des brebis, j'vais violer une femme. Tu préfères quoi ?
Idéalement j'aurais préféré qu'il ne baise personne. Surtout vu l'état de sa queue. Mais il m'avait collé une colle. C'est mieux de baiser une brebis, c'est vrai. J'étais content qu'il parte le lendemain. Il me foutait la frousse maintenant. Juste avant de monter dans le train, il m'a dit :
— Éponge c'est un animal. Un animal primitif pluricellulaire, et même si elle n'a pas vraiment de tissus différenciés, d'organes et de système hormonal, elle a quelques cellules nerveuses dispersées dans son enveloppe. Elle s'alimente et elle respire et peut vivre des milliers d'années. Allez, salut !
La porte du train s'est refermée automatiquement. J'ai flippé deux fois plus. Un détraqué sexuel doublé d'un désaxé mental, un vrai barjo ce Damien. Il fallait que je l'évite. Toujours. Tout le temps.

Éponge, ça ne marche pas. Un animal, ça ne fait pas la vaisselle. Zéro donc.

Et puis j'ai passé le bac. Et le rattrapage du bac. Il faut croire que j'aimais ça. J'avais eu une excellente note en philo. « Une œuvre d'art peut-elle être immorale ? » J'avais répondu : « Ça dépend de la manière dont l'œil a été éduqué… » 16. Mais il me manquait sept points et j'ai dû repasser les maths.
La prof qui m'interrogeait n'avait pas l'air commode. Tout semblait mathématique chez elle. Et hermétique. Même sa coupe de cheveux : un carré graphique. Elle m'a demandé de calculer une moyenne et j'en ai été incapable. Je n'arrivais pas à comprendre comment on pouvait réduire des gens en moyenne. 1,33 % des femmes de moins de 25 ans préfèrent tel truc à tel autre truc… Que représentent les 0,33 % ? Un pied, un bras, une tête ? Elle m'a dit « c'est affligeant », j'ai dit « je sais ». Je comprenais qu'une personne plus une autre personne fassent deux personnes. Mais je ne comprenais pas qu'après les avoir divisées on ne les retrouve pas entières. J'ai eu zéro.

Mon père m'attendait à la sortie. Je me suis avancé vers lui les épaules courbées, la mine effondrée, mais avant même que j'aie prononcé un mot, il m'a pris dans ses bras et m'a dit :
— Te fatigue pas va, j'sais qu'tu l'as!
Il m'a serré fort contre lui et ne m'a plus lâché. Pendant au moins deux minutes. Une minute plus une autre minute, ça fait deux minutes. Et c'est long. Ses doigts, de fierté, s'enfonçaient dans mon dos, son cou s'imbriquait dans le mien. Je pouvais sentir son pouls. Je pouvais même l'entendre. Il s'emballait. Il jubilait. Il pleurait. De joie mais pas seulement. Il devait se dire qu'un peu de lui avait réussi aujourd'hui. Mais qu'il aurait pu faire mieux, faire autrement, faire quelque chose pour que ç'ait été plus facile, faire différemment pour que j'aie eu une mention. Lorsqu'il m'a relâché, il a essuyé une larme et a souri franchement. On ne le voit pas d'habitude mais il lui manque une dent sur la droite. Là, il souriait trop, ça se voyait. Son soulagement aussi se voyait. Son fils finirait mieux que lui.
— Tu l'as eu mon fils, tu l'as eu c'putain de bac!

C'était trop dur de dire que je ne l'avais pas eu. Quand la carrée graphique m'a annoncé qu'elle était obligée de me mettre zéro, je l'ai suppliée, je lui ai dit que pour sept points elle me faisait rater mon bac, et que c'était une catastrophe. Elle n'a consenti à rien. La pétasse. Elle a insisté sur sa rigueur professionnelle et sa déontologie. Du grec *deon, deontos*, qui signifie devoir. Et pourquoi son devoir ne serait-il pas d'être sympa avec moi et de lâcher sept minables petits points à un élève en panique avec les mathématiques ? Pourquoi son devoir ne serait-il pas d'évaluer ma détresse absolue avec les chiffres et de commencer à me les faire aimer en m'en offrant sept ? Pourquoi son devoir ne serait-il pas d'avoir pitié de moi, tout simplement ? En me voyant sortir du lycée la queue basse, mon père avait cru à une blague. Une de celles où on fait la gueule pour ensuite crier *Mais non, je l'ai !*. Les meilleures. Mais non, je ne l'avais pas, et je n'ai pas su le lui dire.
Il a regardé sa montre.
— Il est pas quatre heures. On a l'temps. Viendé, j't'emmène à la banque.
— À la banque ? Pour quoi faire ?

— Tu verras, hein.
Et il m'a fait un clin d'œil.
Sur le chemin, je n'ai pas arrêté de le questionner. En vain. Pas un mot. Juste ce petit rictus des gens qui vont nous épater mais qui ne peuvent rien dire. Le père de Maéva nous a accueillis. Il nous a accompagnés dans son bureau minuscule mais indépendant, et m'a félicité. 7 665 euros sur un compte. Pour moi. Polo. De la part de mon père. Un euro par jour depuis le CP. Multiplié par treize années d'études puisque j'avais redoublé la quatrième. Comme les parents américains qui épargnent pour leurs enfants pour qu'ils aillent à l'université de leur choix. Quel était mon choix ? Dire la vérité, là tout de suite. Non. Trop dur. Je l'ai regardé et je me suis mis à pleurer. Mon père bombait le torse pour la première fois de sa vie. Il a fait une pirouette avec une blaguounette. Domaine où il excelle, depuis le temps.
— Ben j'les r'prends si t'en veux pas hein !
Je m'en suis voulu de l'avoir maudit si souvent pour ses blagues vaseuses, ses yeux trop souvent baissés et ses trop nombreux *que* dans une même phrase. Je m'en suis voulu de n'avoir pu

imaginer que mon père pourrait épargner pour moi. Et m'épargner moi. Qu'il pourrait me donner un peu de sa vie à lui. À hauteur de 7 665 euros. Histoire de bien commencer ma majorité et de voir venir un tout petit peu. Mais je n'avais pas mon bac. Il fallait que je retrouve cette prof de maths. Je devais la convaincre à tout prix de rétablir mon avenir car je n'aurais jamais assez de cran pour dire la vérité à mon père. Qui s'avérait être un vrai père. Ça, je ne l'avais jamais envisagé.
Les papiers défilaient sous mes yeux, et ma signature ressemblait de plus en plus à un gribouillage d'enfant. Tout s'embrouillait dans ma tête. Je n'avais pas mon bac. Merde, je ne l'avais pas. Je m'essoufflais de l'intérieur et je transpirais comme un pédophile dans un magasin de jouets. J'ai signé le dernier papier qui faisait de moi un jeune homme riche de 7 665 euros. En rentrant à la maison, j'ai pris ma calculatrice, j'ai multiplié 365 euros par 13 années d'études et ça m'a donné 4 745 euros. J'ai compris qu'à l'avortement de ma sœur, mon père m'avait transféré sa part. Comme quoi, il y a du positif en tout.

Dans son lit, ma mère pleurait devant la télé. Un père célibataire condamné par une maladie incurable faisait ses adieux à des proches anéantis par la douleur. J'ai eu une idée. C'était de ça que j'avais besoin pour avoir mon bac. Faire pleurer la prof de maths. Il ne fallait pas perdre de temps. Je suis allé voir Marwan et je me suis acheté un cancer. Celui de son frère. Pour quelques dizaines d'euros, Marwan a accepté de me prêter les radios une journée, pas plus. Il a récité une prière pour éloigner le diable. Monnayer le cancer de son frère était un sacré péché. Ou un péché sacré, selon l'angle. J'ai changé les autocollants en y inscrivant mon nom et ma date de naissance, et je suis retourné au lycée.

À la fin des épreuves de la seconde journée, j'ai frappé à la porte de la salle de maths et je me suis présenté. Elle se souvenait de moi. J'ai récité ma maladie, entre réserve et dignité. Comme à la télé. Ce bac, ce n'était pas pour moi, mais pour mon père, femme de ménage. «Il en profitera plus que moi…» J'ai souri. Il fallait sourire là. Élégance suprême dans ces circonstances. Un uppercut dans le foie qui ne laisse

pas de trace, voilà ce qu'il lui fallait pour démissionner un peu de sa déontologie.
Elle a refusé de regarder les radios, m'a cru et m'a cédé ces sept misérables points. À part un fils de pute sans éthique qui oserait profiter d'un cancer loué ? Un mensonge doit être plus gros que le cul de ta mère sinon ça ne marche pas. J'ai rendu les radios à Marwan, qui s'était cassé la figure dans les escaliers. Pour lui, c'était lié. Une preuve de plus que Dieu existe. La preuve tangible qu'il punit les mauvaises actions. Alors j'ai été vigilant. J'ai préféré ne plus sortir de chez moi ce jour-là. Plus tard mon père a encadré mon diplôme dans le salon. Juste au-dessus de son diplôme de secouriste.

Tout en poursuivant des stages dans des salons d'esthétique, ma sœur ne démordait pas de ses concours de beauté. Celui qui allait peut-être lui permettre de participer à l'élection nationale avait lieu ce soir. Avec quelques membres de la famille, nous étions à la table landaise. Chaque table représentait une région. Terriblement originale comme idée. Ma tante, celle qui a un pavillon, nous avait offert à tous les tickets d'entrée et le menu découverte. Ce n'était pas un anniversaire mais ma mère s'était surpassée en matière de décoration. Il ne lui manquait plus qu'une étoile au sommet de la tête pour qu'on ait envie de déposer des cadeaux à ses pieds.

Aminata, la meilleure amie de ma sœur, l'accompagnait et l'assistait dans les coulisses. Elles avaient répété pendant un mois. Les réponses devaient être du niveau des questions. Aucun écart ne serait toléré. On acceptait un peu d'humour mais interdit d'être franchement drôle, il fallait que tout le monde comprenne. Les candidates sont entrées sur scène en faisant une chorégraphie à base de pruneaux. À chier. Ma mère, en apnée, accompagnait en hochant la tête les pas de ma sœur, qu'elle connaissait par cœur depuis le temps. Tout le monde frappait dans les mains. Moi aussi. Ma sœur suivait correctement le rythme. Ma mère trouvait qu'elle se détachait nettement du lot hein… À la fin de la soirée, elle s'est retrouvée dans les six finalistes. C'était le moment de la question qui tue :

— Pourquoi voulez-vous être miss ?

— J'adore les pauvres et j'aimerais pouvoir les aider à travers l'humanitaire qui reste une de mes passions avec l'esthétique.
Cette réponse restera à jamais dans le top dix de mes favorites. Grâce à Dieu, ce n'était pas celle de ma sœur qui elle s'était plutôt étendue sur la condition de la femme. Et des enfants. Et de tous ceux qui souffrent car c'est injuste.
À l'annonce du résultat, ses deux anglaises autour du visage s'étaient transformées en deux Écossaises mal baisées. Je lui avais pourtant dit de ne pas boucler ses cheveux. Elle a perdu. Elle s'est mordu la langue pour ne pas pleurer. J'aurais bien aimé qu'elle gagne. Histoire de gagner quelque chose.
Ma mère la consolait comme elle pouvait. Donc mal.
— Tout ce qui te rend plus forte te tue. Et tu ne dois pas mourir ma chérie.
Elle l'assurait qu'elle avait tapé dans l'œil de certains membres du jury et qu'elle n'avait pas laissé le journaliste du *Petit Courrier* indifférent. Mais ma sœur demeurait inconsolable. Elle vivait ça comme un douloureux échec, surtout que la gagnante n'avait fait

aucune référence à la misère ou à l'injustice, cette garce. Et qu'au niveau du maillot, elle avait des poils incarnés.

Le lendemain, ma sœur recevait un bouquet de roses blanches avec un petit mot : « Peu importe, pour moi vous êtes LA Miss… » Trois petits points phalliques qui l'ont mise en joie. Suivis de la signature du journaliste. Ma mère, qui ne s'était pas dédécorée de la veille, n'en revenait pas d'avoir vu si juste. Elle l'a encouragée à répondre dans un ou deux jours. « Plutôt deux, un ça fait calculé, deux ça fait genre t'es occupée… » Trois petits points grotesques qui ont consolé ma sœur.

Ils se sont fréquentés un temps. Ils ont emménagé ensemble. Très fertile, ma sœur est tombée enceinte. Très généreux, son mari lui a offert un somptueux mariage. Dans un grand restaurant. Pas une chaîne. J'ai donc soigneusement repassé ma chemise. Et j'ai dansé. Je n'aime pas danser mais j'ai dansé. Mais je n'aime pas ça. Au moment des vœux, j'ai reçu un message. Priscilla m'annonçait son départ pour l'Angleterre. Une université l'avait acceptée. Dans les toilettes, je me rinçais le visage lorsque

ma sœur est entrée, affolée. Elle a refermé la porte à clé et a vérifié que les toilettes étaient vides. Et puis elle s'est écroulée par terre en pleurant. Elle m'a dit :
— J'ai peur Polo.
Je lui ai rappelé qu'il était trop tard pour avoir peur. Elle avait promis et elle avait intérêt à les tenir ses promesses sinon tous les invités de ce soir diraient que c'est une belle salope. Je lui ai dit que j'avais autre chose à foutre ce soir que de l'écouter se plaindre et qu'en ce moment même elle devrait être en train de faire l'amour dans un endroit insolite avec son mari qu'elle aimerait jusqu'à la mort, dans la richesse ou dans la pauvreté... Putain, c'est vrai que ça fait peur cette connerie. J'ai ajouté qu'elle devait se souvenir à vie que se marier n'a rien de réjouissant. Fêter un mariage c'est aussi con que de fêter une entrée en guerre. Comme si on voulait faire passer la pilule avec de la crème chantilly histoire que l'enculade soit moins vive.
Je lui ai dit tout ça parce que j'étais en colère, pour lui faire mal, pour ne pas la prendre dans mes bras et pour que son mariage soit raté. J'avais bien raté mon bac, moi. Je préférais qu'on

soit deux, c'est tout. Elle s'est relevée et avec la classe d'une héroïne de roman, elle est sortie et a fermé la porte en me souriant. J'ai vomi ma jalousie avec des morceaux de coquille Saint-Jacques dans le lavabo et je suis parti en douce. Sans assister au couper de gâteau à deux mains. Voyons cela d'une manière plus gaie : j'ai aussi évité la chenille.

J'avais plein d'unités alors j'ai appelé Priscilla. Elle a décroché. De toute évidence, elle faisait la fête. Elle avait été acceptée à l'université de Manchester, il y avait de quoi être heureux. Plein de métastases dans la voix, j'attendais qu'elle m'annonce que son Américain l'accompagnait en Angleterre. À la place, elle a dit :
— Viens, rejoins-moi, c'est génial ici.
— Non, c'est bon…
— Mais pourquoi tu rentres si tôt du mariage de ta sœur ?
— Comme ça…
— Qu'est-ce que t'as Paul ?
— Rien…
Elle s'est isolée pour me parler au calme. Quelle délicate attention.

— Qu'est-ce qu'il y a ?
— Rien, j'vais rentrer c'est tout.
— Si tu viens, je te promets de te remonter le moral.

Alors je suis venu. L'Américain n'était pas là, ça m'a détendu. Entre bacheliers, on décompressait. On dansait et on buvait. Priscilla était gaie, un brin aguicheuse, avec des yeux qui traînaient quand elle tournait la tête et des mèches de cheveux qui se collaient sur ses joues humides quand elle la secouait. Ses mouvements étaient ralentis comme dans les retrouvailles au cinéma. Sa façon lascive de relever ses cheveux et de se passer un glaçon sur la nuque m'assommait de désir. Parce qu'il faisait chaud. Très chaud. Si chaud. Elle dansait devant moi, éclatait de rire sans raison. J'aurais pu croire qu'elle avait des pensées inavouables et que c'est pour cela qu'elle riait. Qu'elle se censurait et qu'elle trouvait ça drôle. Elle ne lâchait pas mon regard. Qui d'ailleurs était bien incapable de regarder ailleurs. Elle s'en amusait et m'invitait entre les lignes. Ses lignes. Je me suis levé et nous n'avons plus parlé.

Je ne l'avais pas remarqué mais j'étais devenu un charmant jeune homme. Suffisamment pour que Priscilla ait envie de moi et me le murmure *moitement* à l'oreille. C'était la révolution dans mon corps, il y avait des manifestations dans ma tête, avec une revendication unique : faire l'amour. Elle s'est collée contre moi et j'ai sombré dans sa caverne. Assoiffé. Une caverne que je n'aurais jamais cru explorer un jour. Inconcevable pour le mec des Babybel, ce mec dans lequel je m'étais cantonné si injustement. Cette nuit, tout était rétabli, on repartait à zéro. Elle avait deux fossettes dans le bas du dos et un duvet blond au milieu qui dessinait comme une flèche. Je l'ai suivie, obéissant, jusqu'à son antre juteux qu'elle m'invitait à épousseter. De mes doigts. De ma langue. Et de moi. Je me suis infiltré sans badge, prêt à entendre son verdict. Elle s'est cambrée quand j'ai pénétré son souterrain et j'ai croqué ses seins insolents de perfection. Elle m'accompagnait dans son tunnel avec ses doigts délicats, tripotait son bijou fantaisie pétillant de plaisir, prêt lui aussi à entendre mon verdict :

Ahhahahhaaa ! Un verdict saccadé auquel je ne croyais pas totalement.
Alors, j'ai pris trois secondes de mon bonheur pour me regarder faire. Oui, c'était bien moi, Paul, qui venait en Priscilla. J'avais vaincu l'Américain et repris ma place haut la main. Jusqu'à ma dernière larme, je suis resté dans son sexe. Ses mèches brouillonnes recouvraient son regard, que je devinais amoureux. Forcément. Nécessairement. Amoureux de moi. Nous venions de faire l'amour. J'ai débroussaillé son visage. Elle ne me regardait pas. Elle achevait son périple dans l'arrière-pays, à sa vitesse, au ralenti, pour tout sentir, ne rien bâcler et faire durer. J'avais dû être bon, ma parole. Les yeux fermés mais pleins d'images, elle finissait. N'est-ce pas ? Elle finissait de jouir comme font toutes les filles, les yeux fermés, parce que ça leur donne un air sensuel, elles se croient irrésistibles les yeux fermés, elles pensent que ça nous excite de les voir fermer les yeux et que, pendant ce temps, on fantasme sur leur corps. C'est à ça que jouait Priscilla en fermant les yeux, elle jouait comme toutes les filles qui veulent se la jouer spirituelles, genre

je suis en osmose avec l'immatériel… N'est-ce pas ?

Priscilla s'était endormie. Je ne savais pas à quel moment. Qu'est-ce que ça changeait finalement ? Je lui avais fait l'amour. Seulement moi. Et maintenant, elle dormait. Elle m'avait prêté sa fente, c'est tout. Si j'avais été un serial killer, je me la serais faite là, dans son sommeil, pour humiliation volontaire. Je me suis rhabillé et puis je suis parti. Demain, si elle appelait, je ne répondrais pas. Elle n'a jamais appelé. Je n'ai jamais répondu.

Au petit déjeuner ce matin-là, j'avais le choix entre deux boîtes de céréales. La veille, j'avais offert un ravitaillement complet à mes parents avec mes nouveaux milliers d'euros. Mon père, dans le concret de bon matin comme d'habitude, me soumettait divers plans d'épargne. Je l'écoutais avec les yeux mais mes oreilles étaient déjà au CocoBay Hôtel de Phuket, pension complète, stage de tir à l'arc et spa ultramoderne avec extras en tout genre. J'allais joyeusement gaspiller les économies de mon père et je n'en éprouvais aucun remords. Ces pépites de chocolat qui faisaient de l'aquagym dans mon bol me mettaient suffisamment en appétit pour que je ne pense à rien d'autre qu'à ce qui m'attendait. J'allais prendre l'avion et je me promettais de la déranger souvent l'hôtesse au chignon sévèrement laqué sous son calot. Je me banderais la main pour qu'elle attache ma ceinture et qu'elle m'effleure la tige. La délicieuse Sophie en uniforme strict avec ses bas de contention et son petit foulard noué sur le côté m'apprendrait la survie. En cas de tourmente.

Le lendemain, j'étais sur mon siège près du hublot, et j'écoutais religieusement les instructions en suppliant le Seigneur qu'Il nous tourmente. Un tout petit peu seulement. Au-dessus d'un désert par exemple, qu'on puisse rebondir sur ses dunes. Sophie aussi avait de chouettes dunes, et quand elle s'est penchée pour me servir mon bœuf, je me suis ravisé et lui ai demandé « du poisson en fait s'il vous plaît madame… mademoiselle ? ». Et une première connivence entre Sophie et moi. Plus tard, j'ai sonné mais c'est Bertrand qui s'est pointé. Pain blanc ou pain aux cinq céréales ?

Pain blanc, Bertrand. À café ou thé, elle est revenue. Café, Sophie.
J'ai choisi un film, la langue, et j'ai reculé mon dossier sur la 34 F. Qui n'avait pas terminé son thé et qui a brûlé son bébé. Sophie est accourue. La mère était folle de rage, je me suis confondu en excuses. J'aurais soi-disant été très brusque dans ma manière de basculer mon siège. Un bon point pour moi ça, d'être brusque. Elle aurait dit brutal, j'aurais préféré. Mais bon. Le bébé a cessé de pleurer quand sa mère l'a fermé. C'est elle en fait qui l'effrayait avec ses braillements hystériques. Lui, il n'avait qu'une petite brûlure au niveau du genou, qui se transformerait en plaie, puis en croûte et qu'il s'amuserait ensuite à arracher et à goûter.
En allant aux toilettes, je suis passé par les cuisines. J'ai redit à Sophie toute ma gêne et ma profonde affliction. Il me fallait du lourd là. Affliction, ça voyagerait bien en elle, je ne serais plus seulement le 33 F. Elle m'a rassuré et m'a confié à voix basse qu'elle aussi l'avait trouvée un peu trop alarmiste. Deuxième connivence, ces petits chuchotements dans la cuisine. Il m'en fallait une troisième pour l'assommer

définitivement et m'envoyer en l'air avec l'hôtesse de l'air, c'est un peu pour ça qu'elles font ce métier, non ?
On a traversé un trou d'air alors que j'étais assis sur la cuvette. Pour la troisième connivence, il faudrait que j'attende un peu. Et que je change de pantalon. Sophie s'est précipitée et m'a ordonné à travers la porte de rejoindre mon siège. Il y avait de la merde partout mais elle toquait et répétait qu'il était urgent d'aller s'asseoir et de s'attacher. Pour des raisons de sécurité. Le ton est monté. J'ai été contraint d'ouvrir.
Je l'avais ma troisième connivence. Elle sentait bon ma troisième connivence. Merci Seigneur. Plus près de Vous, Vous châtiez aussi plus vite. Il m'est alors revenu une anecdote. Un soir, la grande sœur de Marwan avait dit, en servant du thé à la menthe : « Les hommes c'est comme les théières, petite tête, gros ventre et queue toujours en l'air. » La théière c'était moi. Pardon Sophie d'être un bourrin. C'est à cause de Priscilla, elle a tout abîmé.

« Salut Papa,
Tu peux pas t'imaginer qu'est-ce que j'ai pas vu aujourd'hui ! Et tous les jours, c'est pareil, je vois de nouvelles choses. Même mes pieds quand je suis dans l'eau. Pas comme à Fécamp quand on allait chez Mamie. C'est le paradis ici. Ah oui au fait j'ai décidé de ce que j'allais faire comme métier…
Je t'embrasse,
Polo. »

— Chloé chérie, tu peux retourner le gigot s'il te plaît, je ne m'en sors pas avec ces bûches, elles sont trop humides !
— Mon Dieu Paul, qu'est-ce que t'as mis comme ail !
— Tu sais bien que j'adore ça.
— Je vais quand même allumer une bougie à la cannelle pour l'odeur.
— Christophe, va chercher une bouteille de vin rouge à la cave, la même qu'hier, et donne-la à papa.
— Mais j'ai peur dans le noir.
— Oh arrête, t'es un grand garçon, même Jules, à 7 ans, il n'a pas peur !
— Paul chéri, je t'ai déjà dit, arrête de les comparer, c'est pas bien pour les enfants.
— Ça va, ils seront pas traumatisés…
— J'aime pas ça, c'est tout… Jules, essuie-toi les mains, tu en mets partout sur les rideaux !
— Jules, écoute ta mère !

— Comment je vais nettoyer ces rideaux fuchsia moi ? Ils sont hyper délicats. Jules, viens ici immédiatement !

— Jules, papa va se fâcher ! Obéis à ta mère et termine tes devoirs !

— Mais j'arrive pas tout seul à écrire moi.

— Christophe, aide ton frère à faire son devoir.

— Oh merde j'ai complètement oublié d'acheter une nouvelle litière pour Moustache.

— Chérie, ouvrons une bouteille, t'es sur les nerfs là.

— Je ne suis pas sur les nerfs, j'en peux plus, c'est tout. Il me faudrait des journées de quarante-huit heures !

— « Il y a plus à faire de la vie que d'augmenter sa vitesse. »

— Ah ouais et c'est de qui ça ?

— Gandhi.

— Eh bien, mon cher Gandhi, à ta santé !

— À ta santé ma puce.

— Non pose pas le verre sur mon livre, il y a des sous-verre là bébé !

— Ah pardon, j'avais pas vu.

— Tu vois t'as fait une trace sur la couverture ! pfff !

— Pardon mais elle en a d'autres des traces la nana, hein…
— Ça te fait rire ? T'es vraiment débile.
— Non mais je rigole allez…
— Si le visage d'une femme battue, ça te fait rire, je ne suis pas sûre d'avoir envie de dîner ici moi.
— Non mais arrête chérie, je rigole, c'était une petite blague.
— Qui ne peut faire rire que les mecs, parce que franchement, moi, ça me fait pas rire.
— Attends ! Tu vas pas aller dans la chambre quand même, j'ai fait un bon gigot.
— J'ai plus faim !
— Papa, pourquoi maman elle est fâchée ?
— Pour rien Julo, pour rien.
— Papa, y'a que toi ou maman qui pouvez signer le carnet de Jules.
— Montre-moi ça !
— Je peux regarder la télé en attendant moi ?
— Oui Christophe, mais tu mets tes chaussons, je ne veux pas que tu attrapes la crève.
— Alors mon Julo, où je dois signer ?
— Là et aussi là.
— Tu écris bien en attaché tu sais… mais… qui a… c'est toi qui as écrit ça, Julo ?

— Ben oui…
— Mais… euh, non, je ne suis pas hôtesse de l'air, c'est steward mon métier.
— C'est quoi stuwarde ?
— C'est comme une hôtesse de l'air mais pour les hommes. Tu vois c'est… c'est masculin.
— Mais qu'est-ce que ça fait un stuwarde ?
— Un steward ça fait la même chose qu'une hôtesse de l'air, on sert à manger, on s'occupe des passagers dans l'avion, on range, on nettoie dans les cuisines, tu te souviens quand on est allés à DisneyWorld, on avait pris l'avion et t'as bien vu les autres stewards ?
— Ah oui… En fait tu fais le ménage mais dans l'air, papa ?

Achevé d'imprimer en octobre 2009
sur les presses de la Nouvelle Imprimerie Laballery
58500 Clamecy
Dépôt légal : octobre 2009
N° d'impression : 909283
Imprimé en France